Sonya
ソーニャ文庫

強《こわ》面《もて》騎士は心配性

八巻にのは

イースト・プレス

contents

プロローグ

もう終わりだ。おしまいだ。

水の滴《したた》る空《から》のバケツを抱えながら、ハイネは引きつった顔で目の前に座る男を見下ろしていた。

彼は、かつて国中の誰もが尊敬し、同時に恐れた最強の騎士だった。

だが今の彼は体中に傷を負い、やせ衰《おとろ》え、髪やひげを整えていないせいでその栄光は影を潜《ひそ》めている。

そのうえ頭の先からつま先までずぶぬれなので、その姿はより貧相《ひんそう》に見えた。

(こんなはずじゃなかったのに……)

無言で水を滴らせる男の名はカイル＝グレン。

ハイネが憧れを抱いてきた相手である。

その人がなぜずぶぬれなのかと言えば、ある事情によりハイネが水をぶっかけたからである。

「……冷たいな」

ぽつりと零《こぼ》れた言葉に、むしろハイネの背筋が冷える。

「こうするほうが、目が覚めると思いまして」

言い訳がましい言葉を口にしてから、言いたいのはそんなことではなかったと、ハイネは慌てて別の言い方を探した。

「ひどく酔《よ》っていらっしゃったので、目を覚ましていただきたかったんです」

「それで水を？」

「かけました」

「ずいぶん大量だったな」

「はい。カイル様はお体が大きいので、大きなバケツでかけました」

言葉を重ねるたび、ハイネの気持ちは重く沈《しず》んでいく。

本当はもっと優しく起こすはずだったのに、どうしてこうなったのかとハイネはうなだれる。

元々カイルは、この店の常連《じょうれん》だった。

ハイネの父親が営むこの小さな酒場『せせらぎ亭《てい》』はかつてこの国の軍事拠点《きょてん》として栄

えた要塞《ようさい》の街カサドの裏路地にある。

長い戦争が終わった三年前までは多くの騎士がこの街に駐在し、その中にカイルもいたのだ。

過酷な戦場に赴《おもむ》き、人々が驚くような活躍と勝利を手に帰ってくるにもかかわらず、店にやってくる彼はいつも自然体で、その日の苦労や疲れを見せず、酔うこともない。

むしろ戦いで身も心も疲れ果てた部下たちをねぎらい励《はげ》ますその様子に、ハイネは幾度となく感動を覚えていた。

そして、そんな素晴らしい騎士が自分の店に来てくれることがハイネは誇《ほこ》らしかった。

だから戦争が終わり、彼が王城のある北の都に去ってしまってからは、もう一度、彼がこの店に来てくれますようにと、星に願ったことさえあった。

その願いが突然叶ったのは一週間前のこと。

だが彼が最初に店に来たとき、ハイネはその人がカイルであることに気づけなかった。

それほどまでに彼の容姿は変わり果ててしまっていたのである。

変わったのは見た目だけではなく、酒の飲み方や人との接し方も昔とは変わってしまっていた。

この一週間、カイルは店にやってきては朝から晩まで酒を飲んでいる。それは決して褒《ほ》められた飲み方ではなく、意識が混濁《こんだく》したり他の客と諍《いさか》いを起こすことすらあったのだ。

国一の騎士の名が泣くような愚行《ぐこう》に、ハイネは最初こそ驚いたが、その原因は彼のやせ細った体を見れば明らかだったから、今日までそれを咎《とが》めることができなかった。

かつてこの店の常連だった頃の彼は、恵まれた体格を鋼《はがね》のように鍛《きた》え、その巨躯《きょく》は岩のようにも見えた。

しかし再び現れ、酒に溺《おぼ》れる彼は全身傷だらけで、顔には長い傷が走っている。

剣を握っていたその手は細い枝《えだ》のように衰え、今のカイルが摑めるのは酒瓶《さかびん》だけ。

それさえも持ち上げるのは困難な上に、近頃の過度な飲酒がたたり、グラスに酒を注《そそ》ぐことすらままならない姿を見れば、彼がもう二度と剣を握れないことは火を見るより明らかだった。

そしてそんな状態を誰よりも彼自身が恥じていることもわかっていたから、気が紛れるならばとハイネは今日まで酒を提供《ていきょう》し続けてきたのだ。

けれど、酒の量は日に日に増えていき、彼の顔からは生気が失われていくばかりに見えた。だからこそもう酒は断って欲しいと伝えに来たのだが、泥酔《でいすい》した彼はハイネの声にぴくりとも動かず、揺すっても反応しなかった。

その後もあれこれ試したが微動《びどう》だにしないので、しかたなくこうして水を持ち出した次第《しだい》である。

「ごめんなさい、うちではいつも酔ったお客さんをこうやって正気にするので……。私こ

れしか方法を知らなくて」

とりあえず、抱えていたバケツを置き、持っていたタオルを差し出す。

けれど彼はそれを受け取らず、伸びた髪の下からハイネを仰《あお》ぎ見た。

一目見た瞬間、ハイネの心に焼き付いた力強い双眸《そうぼう》も、今はもう見る影もなかった。光によって色合いを変える青い瞳も、今は片方がつぶれ包帯《ほうたい》が巻かれている。

それでもなおハイネは彼の顔立ちを男らしくて精悍《せいかん》だと思ったし、包帯の隙間《すきま》から覗《のぞ》く傷を見ても醜《みにく》いとは思わなかったが、カイルが自らの傷を快く思っていないのはすぐにわかった。

「ひどい顔だろう」

零れた言葉に、ハイネは慌てて首を横に振った。

「それを言うなら、私のほうがひどいです。髪も肌も、こんなだし。濡れていてもカイル様のほうがずっと素敵です」

思わず口にした本音に今更《いまさら》恥ずかしくなっていると、カイルが何か不思議な生き物でも見るようにハイネの容姿を確認する。

じっと見つめられると、ハイネは別の意味で緊張してしまう。

自分でも言ったように、ハイネの姿はこの国では美しいとは言えないものだからだ。

カサドのあるこの国イルヴェーザより南に住まう、砂漠の民の血を引くハイネの髪はこの国では珍《めずら》しい黒髪で、肌は周りの少女たちと比べると日に焼けたように色が濃い。

目鼻立ちがくっきりした顔立ちは美しい部類に入るが、愛らしい風貌《ふうぼう》が好まれるこの国ではそれも決して受けがいいものではなかった。

だからこうして間近で男性にじっと見つめられたのは初めてで、それが長い間憧れてきた相手となれば緊張しないわけがない。

思わず息を詰めていると、しばしの後、カイルのほうから逃げるように視線を逸《そ》らされた。

「お前は、変わり者だな」

「よく、言われます」

「それで、水をかけてまで俺を起こした理由は？」

尋《たず》ねられ、ハイネは我に返る。

「俺を、追い出したかったのか？」

「違います。ただ、お体が心配だったのです」

「心配しておきながら水をかけたのか？」

「うなされてもいらっしゃったのです。ひどく苦しそうだったので、何とか目を覚ましていただこうと……」

タオルを受け取らないカイルを見かねて、ハイネは意を決し、彼の頭を覆うようにかぶせる。

　そのままそっと髪を拭《ふ》けば、ハイネの手をカイルがためらいがちに握った。

「俺を、恐ろしいとは思わなかったのか？」

「恐ろしい？」

「酔って客を殴《なぐ》るような男だ。乱暴されるとは思わなかったのか？」

　尋ねられ、その可能性をまったく考えていなかった自分に気づく。

「騎士であるあなたが、そんなことをするとは思えなくて」

「俺はもう騎士じゃない」

「肩書きの上ではそうかもしれませんけど、今もこの国と私にとってあなたは特別な騎士です」

「俺はそんな、褒められた男じゃない。今だって、お前に少し腹を立てている」

「水をかけたときから、しかられる覚悟はできています」

「怒っているのはそこじゃない」

　不意《ふい》に、カイルがタオルを取り払い、乱れた髪の下からもう一度ハイネを仰ぎ見た。

　先ほどまで濁《にご》っていた瞳に、かつての力強さが戻りつつあることに気づき、ハイネは少しだけほっとする。

「お前は嘘つきだ」

「嘘？」

「全然ひどい顔じゃない」

顔を見つめられた意味に気づき、ハイネは思わず息をのむ。

「まだ、酔ってらっしゃるのですか？」

「いつもよりはすっきりしている」

「でもきっと、まだ酔っていらっしゃると思います」

そうに違いないと重ねれば、カイルが小さく笑った。

それから彼は、僅《わず》かに首をかしげ、尋ねる。

「そういえば、お前の名前は？」

「ハイネです。ハイネ＝シュミット」

「ハイネ」

名を呼ばれ、ハイネは思わず目を瞠《みは》る。

だがそれ以上に驚いたのは、彼が続けざまに放った台詞《せりふ》だった。

「俺に必要なのは酒ではなく、お前だったようだ」

カイルの言葉に頭が真っ白になり、そして気がつくと、彼女は再びバケツを手にしていた。

そんなハイネの様子に、カイルは苦笑する。

「それを、どうするつもりだ？」

「やはりまだ酔っていらっしゃるようなので、もう一度水を……」

「確かに頭はすっきりさせたいが、今度は自分でする」

そう言って立ち上がり、彼はバケツを奪い取る。

「それと、いつか必ず、この借りは返す」

「借り？」

「水をかけてもらった借りだ」

真顔で言い切られ、ハイネはビクリと肩を震わせる。

（やっぱりちょっと、怒ってたのかも）

「気にしないでください、勝手にしたことですし」

「いや、返す」

絶対にだと繰り返された言葉に、ハイネは曖昧《あいまい》に笑うほかなかった。

第一章

見るからにガラの悪い男に腕を掴まれたとき、ハイネが抱いたのは恐怖ではなく、彼らに対する哀《あわ》れみだった。

なじみのない異国の言葉でまくし立てる彼らが何を言っているのか、ハイネは理解できないけれど、時々拾える単語は流れ者たちが酔った勢いで口にする卑猥《ひわい》な言葉に似ていたし、何よりハイネを見つめる下卑《げび》た眼差しを見れば、彼らがまともでない言葉を自分にかけているのは明らかだった。

それなりに腕が立つのだろうということは腰にさげた使い古しの剣から察せられるが、やはりハイネは恐怖より申し訳ない気持ちのほうが勝ってしまう。

（絶世の美女ならともかく、私なんかに声をかけてどうするのかしら）

ハイネが働く酒場、『せせらぎ亭』には女性の客は滅多《めった》にこないので、消去法で自分を選んだのかもしれないが、無理をして声をかけるほど自分に魅力《みりょく》があるとは思えない。

ハイネの父親は、南方に住まう砂漠の民の血を引いており、彼女は父親以上にその血を色濃く受け継いでいる。

純血の民よりはまだ肌の色も薄いけれど、イルヴェーザの年頃の娘と比べると肌は小麦色で、髪もこの国では珍しい黒髪だ。

色白の肌と金髪が美人の代名詞となっているこの国では、ハイネの容姿はあまり評価されず、幼い頃はこの外見のせいでいじめられることも多かった。

彼女の容姿を褒めるのは、父親が営むこの酒場の常連だけだとハイネは思っていたのだけれど、この客たちは希有な趣向《しゅこう》の持ち主らしい。

（それとも、やっぱりいつもの勘違《かんちが》いかしら……）

頭に浮かんだもう一つの可能性に、ハイネの心は重く沈む。

ハイネの容姿から連想される砂漠の民は、かつてその多くが奴隷として売り買いされていた。中でも女は娼館に売られることが多く、今でも娼婦と言えば砂漠の民を思い浮かべる者は多い。

だから自分のことも娼婦と勘違いしたのかもしれないと思い、だとしたらちゃんと説明せねばとハイネは慌てて慣れない南方の言葉を探す。

酒に付き合ってくれる異性を探すなら、この酒場だけは避《さ》けるべき場所であることを伝えようとしたが、結局理解は得られず、男たちは不満そうに声を荒《あら》らげるばかりだった。

「おい」

そのとき、低く威圧《いあつ》的な声がハイネの背後から響いた。

男たちを震え上がらせたその声に、ハイネは僅かな緊張とともに安堵《あんど》を覚える。

「その手を放せ」

共通語で一度、それから南方の言葉で繰り返された台詞に、ハイネの腕を掴む男たちの顔に動揺《どうよう》が走る。

低く威圧的な声はもちろん、彼らの動揺の原因はその声の持ち主に気づいたからだろう。

「すぐに追い出す」

羽虫《はむし》でも払うかのように言って、ハイネと男の間に割り入ったのは一人の男だった。

一般的な成人男性より一回り以上大柄な彼は、仕立てのいいシャツとトラウザーズの上からでもわかる強靭《きょうじん》な体を壁のように使い、ハイネを男たちから遠ざけた。

その腰に剣はないが、一目でわかるたくましさに男たちは慌ててハイネから腕を放した。

「カイル＝グレン……」

男たちから零れたその名は、この男のもの。

そしてそれは、この国最強と呼ばれた一人の騎士のものでもある。

異国の民にさえ知れ渡るその名には、こんな続きもあった。

カイル＝グレン。

岩の砦《とりで》の守護者にして、イルヴェーザの獣《けもの》。

その死の瞳に見つめられたが最後、体は裂かれ、悲鳴《ひめい》は血の海に沈む。

そんな物騒《ぶっそう》なくだりを男たちも知っていたのだろう。凶悪な顔立ちを前にして、なにやらひそひそと話し合っている。

けれどしばらくして、男の一人がカイルの手にしているものに目をとめた。

ハイネたちの間に割り入ったカイルが手にしているのは、一本の杖《つえ》。

その杖に寄りかかるようにして立つカイルの姿に、男たちの顔から徐々に恐怖が和《やわ》らぎ、なにやら勝ち誇った顔でカイルを見上げて、カイルに罵声《ばせい》を浴《あ》びせ始めた。

ハイネでも理解できたのは『怪我』『除隊《じょたい》』『能なし』などの単語だけだったが、それだけで男たちがカイルを馬鹿にしていることは十分にわかった。

同時に男たちに対して怒りが込みあげ、ハイネは食ってかかりたくなるが、それを優しく制したのは、カイルだった。

「離れてろ」

穏《おだ》やかな声にハイネが後退しようとすると、男の一人が再び彼女の腕を摑もうと手を伸ばす。

その男の手が、あらぬ方向に曲がったのは直後のこと。

悲鳴を上げて倒れ込む一人目の男に続き、今度はもう一人の男が鼻を押さえてうずくまる。

一瞬、ハイネには何が起こったのかわからなかった。

だがカイルが握りしめた拳をゆっくりほどくのを見て気づく。

ほんの僅かの間に、彼は男たちの戦意を喪失《そうしつ》させるほどの一撃を見舞ったのだ。

先ほどまでカイルを馬鹿にしていた男たちは半泣きで悲鳴を上げ、その場から逃げようと無様《ぶざま》に這《は》い出す。

彼らに、他の客たちが近づいてきたのはそのときだった。

「やっぱり、私らの出番はありませんでしたね」

「さすが隊長殿、素晴らしい早業《はやわざ》でした」

和やかに笑いながら近づいてくる彼らの腰にあるのは、騎士であることを示す白銀の剣だ。

「元隊長だ。俺はもう一般人だぞ」

「そのなりで一般人はないでしょう」

「俺たちよりよっぽどいい体してるくせに」

そう言って笑う騎士たちに、ハイネもつられて笑ってしまう。

確かに、現役の騎士よりカイルのほうがよっぽど騎士らしい体つきをしている。

だが比べて細いと言うだけで、彼らも服の下から鍛えられた腕や足を覗かせている。

制服を脱いでいる者が多いので男たちは気づかなかったようだが、彼らは皆この街を守る騎士なのだ。

ハイネの働く店『せせらぎ亭』は、騎士御用達《ごようたし》の店なのである。

だからここで騒ぎを起こせば逮捕されることは間違いなく、ゆえにハイネは男たちに哀れみを感じていたのだ。

自分のような冴《さ》えない女に目をつけても、いいことなど何一つないのにと。

「ハイネ」

騎士たちが男たちを店の外へ追いやるのを眺《なが》めていたハイネに、ふとカイルが声をかける。

「怪我は？」

「大丈夫です。それより、注文は何にしましょう？」

「酒」

「それはだめです」

笑顔で言い切るハイネに、カイルは彼女をぐっと睨《にら》む。

その視線の鋭さに二人のやり取りを見ていた客たちのほうが慄《おのの》いたが、ハイネはまったく意に介《かい》さない。

もちろん最初はこの鋭い眼差しに臆《おく》したこともあるが、彼が再びこの店に現れてからの三か月間、毎日これを向けられているおかげでハイネは慣れてしまったのだ。

「新しい薬膳《やくぜん》を教わったので、そちらをお持ちしますね」

「出すメニューが決まっているなら聞くな」

ぶっきらぼうに言って、カイルは椅子にどっかりと腰を下ろす。

異を唱えながらも、カイルは毎日この店に来ては、ハイネのつくる薬膳を食べていく。栄養価が高い分、味は褒められたものではないが、体のためだとそれを喰らうカイルは、三か月前と比べると本当にたくましくなった。

（きっと、すごく努力をされているのね……）

杖を持っていることを除けば、以前かそれ以上にたくましくなったカイルを見て、ハイネは自分のことのように誇らしい気持ちになる。

ハイネがしたのは料理の提供だけだけれど、毎日彼を見つめ続け、日に日にかつての肉体を取り戻す様を間近で応援してきたせいか、彼の回復は本当に嬉しい。

けれど同時に、たくましさを取り戻したカイルを見ていると、ほんの少し寂《さび》しさも感じる。

元々カイルがこの地に来たのは、彼の親友でもあるこの街の領主が彼を無理やり連れてきたからだと聞いていた。

カサドは温泉の街としても有名で、その中には傷に効くものも多くあるから、この地で体を癒《い》やせるよう取りはからってくれたらしい。

ただ当初のカイルは、そんな親友の気遣《きづか》いすら煩《わずら》わしく思っていたらしく、この店でも彼と喧嘩《けんか》をすることは何度もあった。

こんな街にいたくないと怒鳴っていたのを何度も聞いていたし、いつかここを出て行くという言葉もハイネは聞いた。

そしてその気持ちがまだ少しでもあるのなら、きっと彼はいずれ王都に戻ってしまうだろう。

そうなれば、彼はもう二度とここには戻ってこない気がして、ハイネはその日が来る前から別れに胸を痛めていた。

（でも私には、止める権利もない……）

親しくはなれたけれど、自分はまだ友人ですらない。

むしろ親しくなりたいと思ってもいけない人だと、ハイネは慌てて胸に芽生《めば》えた親愛の情に蓋《ふた》をする。

この感情は、放っておけば特別な何かに変化してしまう。

だからハイネは特別な望みなど持たず、ただただ酒場の娘として給仕に徹《てっ》しようと、自分に言い聞かせていた。

「いらっしゃいませ！」

日が傾き始める頃、ハイネの父親が営む酒場『せせらぎ亭』は一番のかき入れ時を迎える。

カサドは近年、街の南方に温泉が湧《わ》き、そのおかげで貴族たちの保養地として人気だが、目立たぬ裏通りにあるため一般の客はほぼおらず、店を埋《う》めるのはたくましい騎士たちがほとんどだ。

「それにしても、さっきのカイル様は格好よかったよなぁ」

酒を片手に談笑する騎士たち。彼らの話題の中心は、先ほどハイネを助けたカイルだった。

「騎士団に戻っていただけないか、もう一度交渉してみようか」

「でも、今は領主様の補佐《ほさ》もしているんだろう？　きっとお忙しいに違いないよ」

「そもそも話を聞いてくれるかな？　最近のカイル様は、ちょっと物騒な感じだし……」

注文と配膳《はいぜん》で店内を行き来するたび、ハイネの耳に入ってくるのはカイルを褒め称え、同時に恐れる声だった。

以前は部下に囲まれ楽しげに酒を飲んでいたカイルだが、街に戻ってきてからはいつも、店の奥で一人静かに食事をしている。

元々厳《いか》つく凶悪な顔つきの男だったが、戻ってきた彼には近づいただけで刺されそうな刺々《とげとげ》しさが加わり、どことなく人を近づけない雰囲気がある。

店で毎日カイルと接するハイネはそれにも慣れてしまったけれど、騎士や街の人たちはそんなカイルに、恐れに近い感情を抱いているのだろう。

そもそも彼は、敵に容赦《ようしゃ》のないことから「イルヴェーザの獣」だの「狂犬《きょうけん》」だのと言われていた騎士だ。

その戦い方は味方をも畏怖《いふ》させていたらしく、戦争中のカイルは本当に恐ろしい騎士だったというのは今でも語りぐさだ。

だから余計に彼の周りには人が集まらないのだが、それをハイネは少し寂しいと感じてしまう。

本人は平気そうだが、それでもやはり距離を置かれるのは嬉しくないだろう。

自身も容姿のせいで人から距離を置かれることが多かったハイネは、ついつい勝手に同情し、彼に声をかけたくなってしまうのだ。

「今日の料理、お口に合いました？」

仕事が一段落したタイミングで、ハイネはカイルの隣にちょこんと腰掛ける。

「これを美味しいと思って出したのなら、ひどい味覚だな」

そう言いつつ、料理は綺麗になくなっているのが、ハイネは少しおかしかった。

「でも、体には絶対いいですよ」

まだおかわりもありますよと微笑《ほほえ》めば、カイルは眉をひそめながらも、皿を差し出す。

「もったいないから全部持ってこい。どうせこんなの俺しか食わんだろ」

不味いと言いつつも残さず食べてくれるところが嬉しくて、ハイネはお皿を受け取りながら微笑んだ。

外見の凶悪さと口の悪さでわかりづらいが、本当の彼は親切で優しい人だ。

最初、水をかけたときは殺されるとまで思ってしまったけれど、彼はあのときの言葉のまま、ハイネに借りを返そうとこの三か月色々なところで助けてくれる。

不器用な彼の優しさは、特殊《とくしゅ》な外見のせいで他人——特に異性からの親切にあまり縁《えん》がなかったハイネには新鮮《しんせん》だった。

そのせいで尊敬以上の、特別な何かが胸に芽生え始めていることにハイネは気づいていたが、彼女は見ないふりをしている。

「じゃあ、大盛りで持ってきますね」

「……好きにしろ。体にいいなら、残さず食べる」

けれどいくら見ないふりをしても、彼の優しさに触れると、何だか胸の奥に不安と温かさが入り交じった不思議な感覚がわき上がるのは止められない。

ただできることといえば、それをカイルに悟《さと》らせないようにすることくらいだ。

「一日でも早く、元の体に戻りたいしな」

「もうすでに、すっかり元のように見えますけど」

見事な筋肉に覆《おお》われた体は以前どころかそれ以上にたくましく見え、ハイネはこれ以上何を鍛《きた》えるのだろうと首をかしげる。

「派手に体中壊したからな、見かけが戻っても中はそうもいかん」

「じゃあ元気になるまで、体にいい料理をつくります」

「そう言われると、一刻も早く治さねばという気になるな」

嫌みにしか聞こえない言葉に思わずしょげていると、厨房《ちゅうぼう》から父のユルゲンがハイネを呼んだ。

買い出しを頼みたいと告げるユルゲンに、ハイネは少しほっとする。

カイルのことは気になっているし会話ができると嬉しいが、言葉を交わせば交わすだけそこに甘いやり取りがまったく出てこないことに落胆《らくたん》してしまうのだ。

優しい気遣いや親切心は見えるものの、基本カイルの言葉はぶっきらぼうで冷たい。

彼をただ尊敬しているときならよかったけれど、特別な感情が芽生えてきている今、その冷たさが心に刺さるときがある。

「すみません、買い出しを頼まれたので行ってきます」

これ以上心が勝手に傷つく前にと、ハイネは厨房へそっと引き返した。


ユルゲンの言いつけで買い出しに行くため、ハイネは裏口へと回り、フードがついた厚手の外套《がいとう》を羽織《はお》る。

二年ほど前に嫁《とつ》いだ姉が仕立ててくれたそれは、容姿が目立つハイネにとって、外に出るときの必需品だった。

彼女は外套の前をとめ、長い髪をフードに隠すと、買い物かごを手に裏口から出る。

途端《とたん》に、春とは思えぬむっとした空気が外套の中に入り込んだが、ハイネがそれを脱ぐことはない。

春を過ぎ、暑さが増す夏でさえも、ハイネはこの外套を脱いだことがなかった。

その理由は、特異な外見をさらしていると面倒事に巻き込まれるからだ。

戦争が終わり、肌の色や言語が違う人々の移住が増え始めたカサドでも、まだまだハイネのような小麦色の肌と黒い髪の少女は少ない。

そんな中、肌と髪をさらして往来を歩けば、心ない中傷《ちゅうしょう》や、悪いときはごろつきに絡《から》まれかねない。

だからハイネは少しでも面倒事に巻き込まれぬよう、こうして姿を隠して歩くのだけれど……。

「見てあそこ、また娼婦がうろうろしてる」

それが逆に、目を引いてしまうことも近頃は多くなった。

陰口が聞こえてきたのは、買い出しに訪れた商店街でのこと。

ユルゲンから頼まれた野菜を見ていると、同じくお遣いを頼まれたらしい若い少女たちが少し離れたところでこちらを窺《うかが》っていた。

友人と一緒で気が大きくなっているのか、彼女たちはわざと聞こえるような声でハイネを見つめ「娼婦」だ「卑《いや》しい女だ」と繰り返している。

どちらも幼い頃から聞かされ続けた言葉だし、相手が女子なら暴力は振るわれないだろうと考え、ハイネはそれを聞き流す。

だがその直後、突然少女たちの声が不自然に途絶《とだ》えた。

少女たちだけでなく賑やかに客引きをしていた野菜売りの店主の声までがとぎれたことに気づき、ハイネははっとする。

もしかしたら少女たちの言葉で、下劣《げれつ》な男たちが近づいてきてしまったのかもしれない。

慌ててフードの襟元《えりもと》を押さえ、ハイネは息を潜める。

「おい」

しかし背後で響いたその声はなじみのもので、ハイネはほっと胸をなで下ろした。

「いつの間にいらしてたんですか？」

笑顔で振り返ると、彼女の背後にいたのは、先ほど別れたばかりのカイルだった。

いつも以上の険《けわ》しい顔で佇《たたず》む彼は凶悪の一言に尽《つ》きる。どうやら周りが静かになったのは、このせいらしい。

視線を向けられていたハイネだけは、むしろ彼の存在と彼がもたらしてくれた静けさにほっとして笑みを浮かべていたけれど。

「カイル様も、お買い物ですか？」

「……まあ、そんなところだ」

ハイネが笑顔で声をかければ、ほんの少しだけカイルの刺々しい雰囲気が丸くなる。

それに安堵したのか、石になったかのように固まっていた商店街の人々はぎこちなくも動きだし、ハイネは無事目的の野菜を買うことができた。

「買い物は、これで終わりか？」

「はい」

「なら、来い」

言うが早いか、カイルはハイネの買い物かごを奪うと、さっさと歩き出す。

怪我のせいで杖を手にしているが、カイルは足が悪いとは思えない速度ですたすたと歩いていく。

その速さに驚きつつ急いで追いつくと、彼の速度が少しだけ緩んだ。

同時に彼は、ハイネを自分の右側へと誘導する。

言葉はなかったけれど、彼女を往来の少ない壁側に寄せてくれたのだろう。ちょっとした気遣いだが、その細やかさにハイネの胸が甘く疼《うず》く。

「あの、どこへ向かってらっしゃるのですか？」

「お前の店だ」

その言葉でようやく、彼が自分を店まで送ってくれるつもりなのだとわかる。

さすがに申し訳ないと思いつつも、彼とこうして外を歩けるのが嬉しくて、申し出を断る言葉がなかなか出てこない。

(そういえば私、男の人に送ってもらうのってこれが初めてかも……)

彼氏はもちろん、ハイネには男友達すらいたことがない。

そもそもイルヴェーザでは積極的な女性が好まれ、女たちも『イルヴェーザの女は恋に生き、恋に死ぬもの！』という気概《きがい》の者が多い。

だがハイネは積極的とは言いがたかったし、何よりこの容姿だ。

娼婦と間違われるような女を連れて歩きたいと思う男性はいないし、遊びで付き合うにしても外聞《がいぶん》が悪すぎる。

となれば、声をかけてくるのは粗野《そや》な流れ者や乱暴者ばかりで、男性に抱く印象はどんどん悪くなり、ハイネは恋に消極的になるばかりだった。

(でも、カイル様みたいな人だったら……)

少なくとも彼は、ハイネが隣を歩くことを嫌がっていない。

些細《ささい》なことだけれど、人に避けられ続けたハイネにとってそれは幸せなことだった。

「気になっていたんだが……」

ハイネがカイルを見つめていると、不意に彼の隻眼《せきがん》と視線が絡む。

左目は眼帯《がんたい》をしているので見えないが、右の美しい青い瞳は少し怪訝《けげん》そうに細められていた。

「暑くないのか?」

外套のことだというのはすぐにわかった。

「暑いですが、このほうが落ち着くので」

「嘘をつくな、顔も赤いぞ」

「でも、脱ぐわけには……」

いかない、という言葉は、カイルが取った予想外の行動によって遮《さえぎ》られた。

「見てるこっちが暑苦しい」

カイルの太い指が、髪を隠していたフードを素早く取り払う。

外気に肌が触れた途端、暑さと息苦しさが消え去り、ハイネは予想以上の心地よさに目を見開いた。

「少しは涼《すず》しくなったろう」

フードのせいで乱れてしまった髪を、カイルの指がわしわしと撫《な》でる。

まるで犬にでもするような乱暴な撫で方だったが、父以外の異性に頭を撫でられたのが初めてのハイネは、それを甘いやり取りのように感じてしまう。

「もう夏になるというのに、そんな暑苦しいものは脱げ」

ローブ自体も脱いでしまえとカイルは言うが、ハイネははっと我に返り首を横に振る。

確かに頭が涼しくて心地よかったけれど、やはりどうしても人目が気になってしまう。

「でも脱いで、何かあったら困りますし……」

「俺が隣にいるのに、何か起きるわけがないだろう」

それからカイルは、ハイネに周囲を見るよう促《うなが》す。

「俺が歩くと、みな道をあけ、顔を背《そむ》ける。こんな状況で、お前に手を出そうとする阿呆《あほう》はいない」

言われてみると、カイルが進むたび人々が不自然な動きで道をあける。

騎士にまで畏怖されているカイルだから、きっと街の人々はそれ以上に彼を恐れているのだろう。

中にははっとして飛び退き、物陰に隠れてしまう者もいる。

話してみればむしろ親切で優しい人だとわかってもらえるのだろうけれど、そのきっかけすらこの凶悪な顔立ちが邪魔してしまっているに違いない。

「理解したなら脱げ」

この端的《たんてき》な物言いも、誤解の種《たね》になっていそうだなとハイネはカイルの言葉に苦笑する。

「外でフードを取ったことすら久しぶりなんです。そのうえ脱ぐとなると心の準備が」

「お前の準備を待っていたら、夏が終わりそうだ」

言うやいなや、今度はローブの留《と》め具《ぐ》に指を伸ばす。

「めんどくさいから俺が脱がすぞ」

目の前に回り込まれ、カイルとの距離がぐっと縮まる。

そのことに動揺してハイネが動きを止めた隙に、カイルは手早く外套を取り去ってしまった。

「汗だくだな」

外気に触れた腕を伝う汗を見て、そら見たことかとカイルは笑う。

「よく着ていられたものだな」

「脱いでいても、声をかけられて嫌な汗をかくのは同じですし」

「声をかけられることは、よくあるのか？」

「外套を着ていればまだ少ないですが、それでも時々」

ハイネの言葉を聞きながら、カイルは何かを思案するようにハイネをじっと見つめる。

フードをかぶっているときはあまり気にならなかったが、こうしてカイルに見つめられるとなぜだか落ち着かなくて、ハイネは目を伏せる。

そうしていると、カイルが驚くべき言葉をぽつりとこぼした。

「今後、出かけるときは俺を呼べ」

「えっ？」

「俺が隣を歩けば安全なのは、現状が証明しているだろう。だから呼べ」

決まりだとでも言いたげな断言に、ハイネは唖然《あぜん》とする。

「昼間は騎士団の鍛錬《たんれん》場かお前の店のどちらかにいる。出かけるときは、声をかけろ」

「そこまで気を遣っていただかなくても大丈夫です。カイル様はお忙しいでしょうし
……」

「忙しくはない。領主のくだらない手伝いと、体を鍛えるくらいしか今はやることがないからな」

「でも毎日はさすがに……」

「それを着ていたって声をかけられるんだろう？　なら、俺を呼んだほうが安全だ」

「何かあったら逃げますし、今までも何とかやり過ごしてきたから大丈夫です！」

「そういう油断《ゆだん》が、戦地では命取りになる」

　ここは戦地じゃないし、さすがに命までは取られませんと内心ではつっこめたが、カイルの鋭い眼差しを前にすると言葉は喉の奥へと引っ込んでしまう。

　けれど彼の申し出を、「はい、お願いします」と簡単に受けるわけにはもちろんいかない。

　彼に負担をかけたくないし、何より出かけるときまで彼と一緒なんてハイネのほうが耐えられない。

（だって私、絶対勘違いしちゃう……）

　先ほどの彼の言い方から察するに、彼の申し出はただの親切心だろう。

　まるで自分の部下の身を案じているような、そんな雰囲気だった。

　けれどハイネは、彼を上官だとは思えない。

　彼の隣を歩き、フードを取り払われてようやく認めた。ハイネは彼を、異性として意識している。

　だからもし彼に毎日付き添われたら、絶対今よりもっと好きになる。

　けれど好きになったところで、それが叶う見込みはないのだ。

　街の人には怖がられているが、カイルは国王の覚えもめでたく爵位まで持っている。領地を得るのは断ったらしいが、騎士団をやめた今、改めてそれを受け取りどこかの領主様になってもおかしくはない人だ。

そんな人が、よりにもよって自分のような女を相手にするわけがないと、ハイネは自分の手を見つめる。

「やっぱり、無理です」

これ以上彼との時間を増やすことは絶対に無理だと考えた末に、そんな言葉が口から滑《すべ》り出た。

「お気遣いはありがたいですが、自分で何とかできます」

カイルの手にあった外套と買い物かごをひったくり、ハイネは本能のまま足早にその場をあとにする。

早足は次第に駆《か》け足となり、息を切らしながら店に飛び込んで、ハイネは今更のように頬を染めうずくまった。

もう、引き返せないところまできているのかもしれない。

それでも、せめてこれ以上気持ちを先に進めないようにせねばと、ハイネは外套と買い物かごをぎゅっと握りしめた。

第二章

短い春が終わりを告げ、日差しが更に強さを増した頃――。

ハイネの暮らすカサドの街は間近に迫った祭りの日を前に浮かれていた。

街中には花が溢《あふ》れ、鮮やかな色に彩《いろど》られている。

緑豊かな渓谷《けいこく》の中、緩やかに流れるカサド川に沿《そ》うようにしてつくられた街は四方を黒い城壁で囲まれている上に、土壁《つちかべ》づくりの建物が多く、所々にある赤い瓦《かわら》屋根を除けば彩りの少ない地味《じみ》な街だ。

だが花祭りの時期になると人々は渓谷に咲く花々を摘み、街の至るところを飾《かざ》り立てる。

色とりどりの花々は街の人々の心までも明るくし、その華やかな気分が恋を呼ぶのか、この時期は新しい出会いの季節でもある。

それを今目の前にいるハイネの数少ない友人たちも期待しているようで、小さな喫茶店の奥に陣取った少女たちは今、恋愛成就《じょうじゅ》に使う小物づくりに精を出していた。

「ハイネ、私の手伝って！」

「だめ、先に私のよ！」

次々にかかる呼び出しに苦笑しながら、ハイネは友人の手元の布に施《ほどこ》された竜《りゅう》らしき生き物に目を落とした。

お世辞《せじ》にもうまいとは言えないそれを見つめ、どう修正しようかと悩んでいると、それをつくった少女から少し不満げな息が漏《も》れる。

「どうせ私の刺繍《ししゅう》はへたくそよ」

「まだ何も言ってないわ」

「でも、顔に書いてある」

不満げな声に苦笑しながら顔を上げれば、そこにあるのは親友ルイーズのむくれ顔だ。

ハイネとは真逆の、美しい金糸の髪と陶器を思わせる白い肌を持つ少女はハイネの酒場の近くにある本屋を営む家の娘だ。

この街一番の美女と評判の彼女は人形のように整った容姿をしていて、むくれていても可憐《かれん》で愛らしい。

「得手不得手《えてふえて》は誰にもあるものよ」

歪《ゆが》んだ竜に針を入れながら言えば、他の少女たちもくすくす笑い出す。

「ルイーズは顔がよすぎるからその分他でバランスを取っているのよ」

「そうそう。それに、何でも完璧だったらあんたの友達なんてしてないわ」

「欠点がなければ嫌みすぎるもんね」

三人から好き勝手に言われ、ルイーズはむくれ顔を更に歪める。

「でもハイネは両方持ってるじゃない。こんなに美人なのに、刺繍も料理も上手なんてずるい」

「私は美人じゃないわ。もしそうなら、今頃自分のために針を動かしてるだろうしね」

「確かにイルヴェーザでは色々言われちゃうかもしれないけど、ハイネは美人よ」

ルイーズの言葉に三人の友人たちも同意してくれるが、ハイネはそれに苦笑することしかできない。

幼い頃から一緒に育った彼女たちはハイネを受け入れてくれるが、ハイネの髪と肌は異性だけでなく同性にも煙《けむ》たがられるものだ。

恋に積極的かつ情熱的なイルヴェーザの女性たちにとって、金のために体を売る娼婦は侮蔑《ぶべつ》の対象だったから、それと似た容姿を持つというだけで、ハイネを蔑《さげす》む者は多かった。

そんな中、幼なじみとして育ったルイーズたちだけはハイネの外見ではなく内面を見てくれる数少ない存在で、ハイネは何度彼女たちの友情に救われたかわからない。

「こんな可愛《かわい》い子を放っておくなんて、この街の男たちってほんと見る目ないわよね」

ルイーズがこぼした言葉に二度目の苦笑を返しながら、ハイネは黙々《もくもく》とルイーズの刺繍を直していく。

そのとき不意に、ルイーズの綺麗な指が、ハイネの頬を優しくつついた。

「でも今年は、少しは勝算ありそうなんでしょ？」

「勝算？」

意味がわからず首をかしげたハイネに、ルイーズが意地の悪い笑みを浮かべる。

「伝説の騎士様のこと。最近噂よ、あんたの酒場に入り浸《びた》ってるって」

「期待されるようなことは何もないわ。普通に食事をして帰るだけだもの」

告げながら、ハイネは形ばかりの笑みをルイーズたちに向ける。

カイルの厚意《こうい》を断り逃げ出したあの日からもう一か月になるが、前以上に彼との会話は少なくなってしまった。

毎日食事をしにはきてくれるけれど、時には注文と勘定《かんじょう》以外の言葉をかけてくれない日もある。

彼の親切を無下にした自分が悪いのだとはわかっているけれど、それがハイネは寂しかった。

「私、カイル様に嫌われるようなことしかしていないしね……」

「水をかけたこと、まだ根に持っているの？」

「それはわからないけど……」

「なら、可能性はあるんじゃない？」

いつになく前向きに励ましてくれるルイーズを、ハイネは少しだけ怪訝に思う。

水をかけたくだりはルイーズたちにも話していて、そのときは「絶対怒ってる」「よく生きてたわね」と皆冗談まじりの言葉を口にしていたのだ。

けれど今のルイーズは、その考えを少し改めたらしい。

「人って想像もしない部分に心惹かれたり、すごいきっかけで恋に落ちたりするじゃない。だから水をかけられてあの堅物が心を動かした可能性もあるかなって、最近ふと思ったのよ」

「それは、もしかして本で得た知識？」

ハイネがそう尋ねたのは、本屋の娘であるルイーズは時折、同じ年頃の子たちには想像もつかない知識を本から仕入れ、披露《ひろう》することがあるからだ。

その大半はためになることだが、今日のそれは恋に初心《うぶ》なハイネたちにはにわかに信じがたい。

「恋っていうのは、もっと甘く始まるものでしょう？」

「さすがに水はないわよ」

周りの友人たちからも口々に言われて、ルイーズはまたふくれ面になる。けれどどうやら彼女には、自信があるらしい。

「本でも読んだし、私、言われたの。そういうのも恋の始まりだって」

「それ、誰に言われたの？」

ハイネが尋ねると、いつもは率直なルイーズが口ごもる。それから彼女は複雑な表情で顔を顰《しか》め、小さな声で続けた。

「最近、私に言い寄ってくる人。彼も、ちょっと変なの」

「変って、その人本当に大丈夫なの？」

「大丈夫ではないと思うけど、だからこそ彼の言うことは信じられると思うわ」

それからルイーズは愛らしい口を小さくすぼめる。

「その人に言われたの。小さい頃に溺愛《できあい》していた『人形』に私がそっくりだから、毎日抱きしめさせて欲しいって」

あまりに奇妙《きみょう》な話に、ハイネはルイーズのことが心配になる。

それを察したのか、彼女はみんなを安心させるように慌てて微笑んだ。

「もちろん丁重にお断りしたわ。でも相手は本気だったし、だからこそ思ったのよ。普通でない恋の始まりもあるかなって」

小さな頃に持っていた人形に似ているなんて突飛なきっかけがあるなら、確かに水をかけられて恋に落ちることもあるかもしれないとハイネは一瞬考える。

「それに何より、カイル様は毎日店に来てるんでしょ？　絶対ハイネ目当てよ」

「そう思いたいけど、彼の目当ては料理よ。お体を壊して以来、お酒の代わりに出していた薬膳を気に入ってくださって、それを毎日食べにいらっしゃるの」

ハイネはそう告げるが、ルイーズは納得できないのか、むぅっと口を尖らせる。

「でも私、この前二人が並んで歩いているのを見たわ」

「それもたまたまよ」

確かに、厚意を断ってからも彼と街でちょくちょく会うが、ルイーズたちが期待するような甘いやり取りなど何一つない。

カイルが自分を見つめる瞳には恋の色などみじんもなく、むしろ冷たく厳しい色ばかりだ。

たぶん、相も変わらずハイネが外套を着て出かけているからだろう。

日に日に視線は鋭くなり、その顔は苛立っているようにしか見えない。

「でもハイネのほうはずっと好きなんでしょ？」

お見通しだと言いたげな声に、ハイネは返す言葉に迷い、小さく呻《うめ》く。

それを肯定と受け取ったのか、ルイーズはにこりと笑い、持っていた裁縫《さいほう》箱をハイネのほうに押し出した。

「今年は、ハイネもつくってみたら？　伝説の騎士様が毎日側にいるなんていう状況、きっと来年はないわよ」

「でも、嫌われて……」

「答えを聞くまではわからないじゃない。ほら、カイル様って何考えてるかわからないところあるし」

ルイーズがいうと、確かにそうだと周りからも声が上がる。

「いつも眉間に皺《しわ》を寄せてるけど、それだって不機嫌な顔がくせになっているだけかもよ」

「それにあのカイル様に想いを寄せてる女の子なんてきっとハイネくらいよ。顔も怖いし厳しいほうだし、ライバルはきっといないわ」

口々に上がる後押しの声はそれなりに的確で、ハイネは少しだけ期待したくなる。

「当たって砕《くだ》けてみなさいよ。イルヴェーザの女なら、もっと積極的にならなきゃ」

告白に傾きかけた気持ちを悟ったのか、ルイーズがにこやかに背中を押す。

砕けちゃだめでしょうと周りがつっこむ声に苦笑しながら、ハイネはルイーズたちの応援に胸が僅かに奮《ふる》い立つ。

「どう、やる気になってきた?」

「すぐには決められないけど、お守りくらいは用意しておこうかなって気分にはなれたかも」

「じゃあ早速、素材、買ってきなさいよ！　今年は私たち、刺繍は自分でがんばるから」

今すぐに行けと囃《はや》し立てる友人たちに、ハイネは苦笑しながら立ち上がる。

そんな彼女を見て、あっと声を上げたのはルイーズだ。

「私、ついて行こうか？　お祭り前で外からの人も多いし、一人だと心細いでしょう？」

ハイネが男性に絡まれやすいのを知っているルイーズはそう提案してくれたが、直しが終わっていない刺繍を見て、ハイネはそれを断ることにした。

「大丈夫。何だか最近、前より絡まれる機会も減ったし」

「だったらいいけど、何かあったら戻ってきてね。夕方まではここにいるから」

親切な友人たちにありがとうと微笑んで、ハイネは飲み物の代金を置いて店を出た。


カサドではなじみのない不思議な香りが漂う薄暗い店を歩きながら、ハイネは壁いっぱいに並ぶ香に眉根を寄せる。

ハイネがやってきたのは、南方でつくられたお香や織物を販売する雑貨屋で、その一番奥にあるお香の棚《たな》の前で、同じように棚に手を伸ばす少女たちと共に品物を物色していた。

ハイネや少女たちが悩んでいるのは、祭りのときに異性に渡すお守りにたきつけるお香だ。

お守り、もしくは守り袋と呼ばれるそれは、花祭りの夜に女性が意中の男性に贈るもの。イルヴェーザの守護獣である黒い竜と守りの印を刺繍し、そこに魔よけとしてお香をたきつけることが習《なら》わしとなっている。

元々それは戦争へ赴く騎士へ無事を祈って渡していたもので、戦場での恐怖心を少しでも和らげられるようにと、南方でつくられる鎮静《ちんせい》効果のある香をたきつけるのが一般的だった。

戦争が終わった今は鎮めの香だけでなく、人によっては花の香りをつけるものも出てきたが、やはり人気があるのは南方のもので、この時期になるとこの手の雑貨屋には多くの少女たちが押しかける。

それをいつもは眺めるだけだったハイネにとって、こうして直接店に来て選ぶのは初めてのことだった。それゆえに香り選びは難航《なんこう》を極め、もう三十分近くハイネはお香と睨み合っていた。

せめて相手と仲がよければ好きな香りを聞き出すこともできるが、相手はあのカイルだ。真っ正面から尋ねる勇気はもちろんなく、しかたなく彼をイメージしながらあれこれ手に取って、ハイネは悩みに悩み抜く。

そうして何とか香りを選んだ頃にはすっかり日も傾き、店には夕暮れの淡い光が差し込んでいた。

いつしか周りにいた少女たちもほとんど消えていて、時間を使いすぎたとハイネは焦《あせ》る。

そんなとき――。

「だめだ……もう、だめだ……」

不意に、少し離れた場所から苦しげな男の声がした。

思わず声のしたほうに視線を向けると、男は鎮めの香を握りしめ、必死の形相《ぎょうそう》でにおいを嗅《か》いでいる。

その異様さに臆していると、自分と同じように数人の少女たちが息を潜めていることに気がついた。

周りの少女たちが消えたのは夕暮れの時間だからではなくこの男のせいだと今更のように気づき、ハイネはその場からそっと後ずさる。

「あ…ああ……、苦しい…苦しい……」

だがそのとき、男が声を震わせ苦悶《くもん》に顔を歪めた。

なにやらぶつぶつ繰り返すその様子は普通ではなかったけれど、苦しげな表情の人間を放っておけず、ハイネはそっと男に近づいた。

「どこか、怪我でもなさっているの？」

そっと声をかけると、男がぱっと顔を上げる。

直後、男は化け物でも見たかのように叫び声を上げ、倒れるようにして後ずさる。

自分を見つめる顔には怒りにも似た表情が浮かび、男は握っていたお香をハイネに投げつけた。

それに驚き、ほんの少し傷ついていると、男はふらつきながら店を出て行ってしまった。

「あんた、大丈夫かい？」

騒ぎに気づいた店主が、慌てた様子でハイネに声をかける。

店主もまた砂漠の民の血を引いているのか、ハイネの姿を見てもさして表情を変えなかったが、男が荒らした棚には眉をひそめた。

「店の中で騒ぎは困るよ……」

ぽつりとこぼされた声には非難と苛立《いらだ》ちが見え、ハイネは歯がゆさを感じる。

自分のせいではないと言おうと思ったが、ふと周りを見れば息を潜めていた少女たちも侮蔑の目をハイネに向けていた。

何もしていないのは彼女たちも見ていたはずなのにと更に悔《くや》しさを感じたが、いくら言い訳をしても自分に不利にしかならないのは長年の経験でわかっている。

しかたなく、ハイネは買おうと思っていたお香をそっと棚に戻し、店を出た。

店のある裏路地は街灯もないのでかなり暗い。

そんな中に立っていると、男のあの奇妙な様子が思い出され、今更のように恐ろしくなった。

気になって声をかけてしまったけれど、今思えば彼は常軌《じょうき》を逸《いっ》していた。体格から見て元騎士か傭兵《ようへい》だろうし、もし乱暴をされていたらと思うと少しだけ背筋が寒くなる。

（それにあの人、どうしてあんなに怯《おび》えていたのかしら……）

ハイネを見るなり上げた悲鳴が、耳の奥で蘇《よみがえ》る。

嫌われたり蔑まれたりすることはあったが、あんなに怯えられたのは初めてで、自分が思ったよりひどく傷ついているのに気がついた。

ハイネはフードをいつもより深くかぶり、少しでも髪や肌が見えないようにと体を小さくする。

「おい」

突然、不機嫌きわまりない声が届いたのはそのときだった。

「こんなに遅くまで一人で出歩くとは、どういう了見《りょうけん》だ？」

低く威圧的な声に、ハイネはびくりと体を震わせる。

突然の声に悲鳴を上げかけたハイネの肩が、少し慌てた様子で摑まれたのは、その直後のことだ。

「俺だ」

端的な言葉が耳元をくすぐり、相手が誰かを理解するより早く頬が熱くなる。

「カイル様が、どうしてここに……」

「それはこちらの台詞だ。長いこと、そこに立っていたな」

「見ていたんですか？」

振り向きざまに尋ねると、ハイネを落ち着かせようと肩に回されていた手が、ゆっくりと離れる。

「不審な動きをしていたら、誰でも観察するだろう」

「私、不審者じゃありません」

「だが、こんな時間に若い娘が路地でぼんやり立っているのは変だ」

確かにこのあたりは昼でも薄暗く、店を訪れる子たちも長居せず大通りへと出てしまう。

それを思えば訝《いぶか》しがられても仕方はないが、好きな相手に面と向かって不審者扱いされたハイネの乙女心は、深く傷ついていた。

「それで、何をしていた」

「買い物です」

「なぜすぐ帰らなかった」

脳裏に先ほどの男のことがよぎったが、不審者扱いされて拗《す》ねた心が、口を閉ざしてしまう。

「考えごとをしていただけです」

「ずいぶん長かったぞ」

「時間を計ってたんですか!?」

思わず尋ねると、カイルが珍しく少しばつが悪そうな顔をする。

「大体だ。時計と睨み合っていたわけじゃない」

騎士の頃の経験で、何となく時間がわかるだけだとカイルは説明を重ねる。

「それより、行くぞ」

「えっ、どこへ?」

「お前の家に決まっている」

淡々とした口調のために気づかなかったけれど、ハイネが歩き出すのを待っていることからして彼は彼女を家まで送ってくれるらしい。

嬉しい申し出だが、一度逃げてしまった気まずさからなんと答えていいかわからずにいると、突然そこでカイルに腕を取られてしまう。

「今日は、逃がさない」

言うなり、カイルは足早に歩き出す。

体がつんのめり、ハイネは慌ててカイルの横に並ぶ。

最初こそ速かったものの、ハイネが動き出すのを見たカイルは、ハイネの歩幅に合わせ速度を緩める。

手首を摑まれているせいでどこかに連行されている気分だが、隣に並ぶだけで少しドキドキしてしまう。

たぶんカイルは以前逃げられたことを憶えていて、逃走防止のために腕を掴んでいるのだろう。

けれどそれでも、彼と触れあっているだけで動悸《どうき》が激しくなってしまうのだ。

それどころか掴まれたままの手に目を落とし、彼の太い指が手首ではなく手のひらを掴んでくれたらとこっそり願う。

国を救ったあの勇敢《ゆうかん》な手が、小さな酒場の娘の手を握ってくれることなんてあり得ないだろうけれど、それでもハイネはそれを願わずにはいられなかった。

「それにしても、今日は街がにぎやかだな」

滅多に世間話などしない彼が、今日は珍しくぽつりとこぼす。

久々に職務質問のようなこと以外で話しかけられたことが少し嬉しくて、ハイネは自然と微笑み、頷いた。

「花祭りが近いですからね。皆準備に追われているんでしょう」

「お前もか？　昼間、通りで友人たちといるのを見たが」

「守り袋をつくっていたんです。みんなはもう意中の相手がいるみたいで、一緒に縫い物をしようって」

「それは、お前もか？」

尋ねられ、ハイネは慌てて首を横に振る。

「私は手伝いです。縫い物が苦手な子が多いので」

「そうか」

小さく頷いて、カイルは再び黙り込む。

会話がとぎれてしまったことは少し寂しく感じるが、こうして隣を歩けるだけで顔が綻《ほころ》ぶ自分に気がついた。

(私、自分で思う以上にカイル様のことが好きなのかも……)

身分違いだからと言い聞かせながらも、側にいるだけでどうしようもなく嬉しくなってしまうのはきっと、抱いた恋心が大きくなっているからだろう。

それはもうハイネ自身にさえ手に負えないもので、もし実《みの》らなければと思うと気持ちは深く沈んでしまう。

かといって、この気持ちをしまい込んだまま無視することもできそうになかった。

(ルイーズの言うとおり、一度玉砕《ぎょくさい》したほうが忘れられるかしら……)

そうでもしないと、自分は永遠にカイルに片思いを続けてしまうかもしれない。

隣を歩くカイルの顔を窺いながら、ハイネはいつ終わるともしれない恋にため息をこぼした。

第三章

晴天に恵まれた花祭りの日の午後、カイル＝グレンは騎士団の団長室から華やぐ街を眺めていた。

祭りの会場である大通りから騎士団の建物までは少し距離があるはずだが、開けた窓からは祭りに浮かれる人々の声が絶えず流れ込んでくる。

カイルでさえ、不思議と心が軽くなる賑やかさで、遠くから聞こえる音楽は妙に心地よくて眠気も誘《さそ》ってくる。

「おい、聞いてるのか？」

そんな穏やかな雰囲気をぶち壊す不機嫌な声に、カイルは零れかけたあくびをかみ殺しながら、窓へ向けていた視線を室内へと戻した。

「いいんじゃないか？」

「何だよその投げやりな答えは」

振り向きざまに答えると、ふてくされるような言葉と共に、一人の男が立派な執務机の向こうからカイルを睨む。

カイルと同じくらいの巨躯を持ちながら、凶悪な顔立ちのカイルとは正反対の涼しげな面立ちを持つ彼の名はオーウェン。

カイルの幼なじみであり、この街の領主と騎士団長を兼任する男だ。

「そもそも、俺はもう騎士じゃない。それに今夜の警備計画なんて、今更読まされても困る」

意見を言ったところでどうこうできるものでもないだろうと言いかけて、オーウェンには何か別の目的がありそうだと気づいた。

それもきっと面倒事に違いないと長年の勘が告げてくるが、何か頼みごとがあるなら無下にもできない。

なにせ、カイルとオーウェンの付き合いは長く深い。

孤児であった二人は幼い頃から共に育ち、常に肩を並べ、戦場では幾度となく背中を預けあった、幼なじみであり戦友だ。

またカイルが半年前の任務で瀕死《ひんし》の重傷を負ったあと、彼の身柄《みがら》を引き取ってくれたのもオーウェンだった。

国王の護衛任務中に起きた事故によって、カイルは体の自由だけでなく優秀な部下たちをも失った。

生き残ったのは自分だけだとわかり、そのうえもう二度と剣を持つことはできないだろうと宣言されたときも、オーウェンは側にいてくれた。

そしてあまりの絶望から治療すら満足に受けようとしなかった彼を見かね、傷にいい温泉があるからと彼を無理やりカサドにある自分の屋敷に連れ帰ったのだ。

更にオーウェンは一流の医者を雇い、カイルの治療にあたらせた。

その恩に当初のカイルは報《むく》いようとはせず、一時期はオーウェンとの友情にも亀裂《きれつ》が入りかけたが、とある少女の驚くような行動のおかげでカイルは自分を取り戻し、今はオーウェンや医師の指導にも素直に従っている。

それが功《こう》を奏《そう》し、カイルは驚異の回復力で再び剣をとれるまでになったのだ。

それでも全盛期よりは体が動かないからと騎士の職は辞退したままだが、彼の経験と知識は重宝《ちょうほう》がられ、時折こうして騎士団に呼ばれては団長であるオーウェンの相談役をさせられている。

「とりあえず読んだが、問題があるようには見えないぞ」

「そうか……」

ほっと息をつくオーウェンを見て、カイルは僅かな違和感に眉を顰めた。

「それで、本題は何だ？　俺を呼んだのは、これを読ませるためじゃないんだろう？」

「うん、まあそうなんだが……」

言葉を濁しつつ窺うようにちらちら見てくるオーウェンに、カイルは嫌な予感を覚える。

それを予感のままにしておきたくて、今すぐ部屋を出たいと思ったが、報告書を返した手首をオーウェンが突然がっちり摑む。

「好きな子ができた」

何の前触れもないオーウェンからの報告にカイルは十秒ほど黙り、それから一応「おめでとう」と祝福する。

「めでたくはない。まだ、何も進展していない」

「それを、なぜ俺に言う」

「最近、好きすぎて夜も眠れない」

「だからなぜ俺に言う」

「あの子のことを思うと、胸が苦しいんだ」

「……だから、俺に言うな」

察しろよと目で訴えられ、カイルはしかたなく言葉を切り替える。

「俺に、何をして欲しいんだ」

「協力だ。俺と彼女が、祭りに行くための」

そしてオーウェンは、机から先ほどとよく似た書類を取り出す。

硬い文章で書かれているが、内容を読み解けばそれは非常に恥ずかしいデートの計画書だった。

「オーウェン、お前、意外と気持ち悪いところがあるんだな」

「お前だって、恋をしたら絶対女々《めめ》しくなるぞ」

若干《じゃっかん》の心当たりに、カイルは押し黙る。

「ともかく協力してくれ。頼めるのはお前だけなんだ」

「俺にできることならかまわないが……」

ため息と共にそうこぼし、カイルは今一度花が彩るカサドの街に目を向けた。

行き交う人々の幸せそうな顔をぼんやり眺めていると、なぜだか少し、彼の心はざわつく。

どこもかしこも幸せそうなのに、それが不思議と落ち着かないのだ。

「祭りの日なんだ、少しくらい楽しそうな顔をしろよ」

カイルの浮かない顔に気づいたのか、オーウェンが自分の頼みごとを棚に上げ、そんなことを言う。

「何だか、嫌な予感がしてな」

「このタイミングでそんなこと言うな、不安になるだろう」

「いや、お前のことじゃない」

ただ何となく、そんな予感がするだけだと言いかけたところで、カイルは大きなあくびを一つする。

「不穏なこと言っておきながら、なんかしまらねぇな」

「昨日は少し眠れなくてな」

「昨日も、じゃないのか？」

言いながら、オーウェンが自身の目の下を指さす。

「クマができてるけど、もしかしてまだ眠れないのか？」

「前よりは眠れている」

「もう半年だ、そろそろ自分を許してもいい頃だぞ」

気遣う声と眼差しに居心地の悪さを感じ、カイルは視線を逸らす。

「せっかくの祭りだし、お前もちゃんと息抜きしろよ。女の子でも誘ってぱーっとさ」

「俺の誘いに乗る子がいると思うか？」

「どこの世界にも、物好きな女はいるってもんだ」

だからがんばれと見当違いな応援をしてくる親友に、カイルは生暖かい視線を送ることしかできなかった。

＊　＊　＊

春から夏へと季節が移る最初の満月の夜、カサドの『花祭り』は最高潮《さいこうちょう》を迎える。

通りには露店が並び、広場では楽団によって音楽が奏《かな》でられ、たくさんの男女が踊り、笑い、恋を育むこの祭りは、街一番の行事だ。

街中に飾られる花々の美しさも評判で、近年は他の街や国からも客が多く訪れるようになり、いつもはどちらかと言えば静かな街が、この日ばかりは美しく華やぐ。

一方で、騎士の客がほとんどの『せせらぎ亭』だけは、いつもとは逆に静かな夜を迎えていた。

祭りの夜はほとんどの騎士が不眠不休で警備にあたるためだ。

なのでいつもは早々に店を閉めるのだが、今年は珍しく長居をする客がいた。

「カイル様は今日も店にいるな」

厨房から店内を覗き、ぽつりとこぼしたのはハイネの父ユルゲンだった。

彼の呟きに、同じく厨房にいたハイネもカイルを窺う。

いつもの喧騒《けんそう》が嘘のように静かな店内で、カイルはたった一人、先日解禁したばかりの酒をたしなんでいた。

纏《まと》う服装もいつもと同じで、ズボンもその下の白いシャツも、清潔感はあるが特段オシャレというわけでもない。

これから誰かと連れ立って祭りに繰り出す様子のないカイルに、ハイネは少しの安堵と、大きな不安を抱いた。

「こんな日まで一人でいるなんて、何かあったのかしら？」

「その台詞は、お前にも言えることだがな」

「いいのよ私は。お姉ちゃんと違って嫁のもらい手もいないし、おばあちゃんになるまでここで働くって決めてるんだから」

つとめて明るく言ったが、ハイネの父はなぜだか少し申し訳なさそうな顔をする。

「お前だって、年頃だし綺麗なんだ。いずれいい男が現れるさ」

「でも私がいなくなったら、この店はどうするの？」

「そうなったら店をたたむと決めている。カルナたちからは、ハイネが嫁に行ったらうちで一緒に暮らそうと誘われているしな」

カルナとは、ハイネの三つ上の姉だ。

イルヴェーザ人の母に似た彼女は、ハイネとは真逆のイルヴェーザ人らしい美女で、小さな頃から異性に囲まれていた。

それを鼻にかけることはなく、いじめられていたハイネを守ってくれる優しい姉で、五つの頃に母を亡くしたハイネにとってカルナは姉であり母親代わりでもあった。

けれど二年ほど前、彼女は街を訪れた王都の商人に見初《みそ》められお嫁に行ってしまった。相手は大富豪《だいふごう》で性格もいい男性だったが、姉と離れて暮らすことが決まってから、ハイネはずっと寂しかった。

だが自分ももう子供ではないし、いつまでも姉に守ってもらうわけにはいかない。

だからこれからはどんなことも一人で解決していこうと決意し、ハイネはカルナを送り出すと、それまで以上に仕事に精を出すようになったのだ。

ただそれを、ユルゲンはあまり快《こころよ》く思っていない。

叶うならば、ユルゲンは姉の様にハイネにも嫁いで欲しいと思っているようで、ハイネももちろんその願いを叶えたいとは思っている。

ハイネの容姿は明らかにユルゲンのほうの血が濃く出ていて、娘に砂漠の民の面影があることに彼はずっと責任を感じている節があった。

それをハイネも知っているから、いずれは結婚をして父を安心させたいと思っているのだが、恋の祭りの日に誘ってくれる相手がまだいない。

そのうえ片思いの相手は伝説の騎士という叶わぬ恋の典型で、ハイネはもうすっかり自分の恋に希望が持てなくなっていた。

「女が店を継ぐわけにもいかないし、お父さんがたたむならそのときは何とかするわ」

「何とかって、誰かいい人がいるのかね？」

無意識にカイルを見つめそうになった瞳を、ハイネは慌ててユルゲンに縫いつける。

「例えばほら、お隣のおばちゃんに頼んでみるわ。あの人、お見合いを斡旋《あっせん》してるでしょう?」

「それだけはやめておきなさい。あの人が紹介する男はろくでなしばっかりだぞ」

「でもろくでなしくらいじゃないと、私なんてもらってくれないし」

「ハイネは自分を卑下し過ぎだ。美しいし、働き者だし、妻にしたいと思う人はそのうち見つかるよ」

「ありがとう。そう言って褒めてもらえると、気が楽になるわ」

親の贔屓《ひいき》目も入っているだろうが、父に褒められるとハイネの心は軽くなる。

外見のことをずっと悪く言われてきたハイネにとって、ユルゲンの言葉は自分を普通の女の子だと思わせてくれる数少ない魔法の言葉だ。

「あとで、お祭りに行ってみるわ。未来の旦那様と出会えるかもしれないし」

「なら今すぐにでも行ってきなさい。カイル様一人なら私でも給仕できる」

「じゃあ最後に、お酒だけ出してくるわね」

店は任せなさいと笑うユルゲンに礼を言って、ハイネはカイルの好むワインを手に彼のもとへと向かう。

「お代わりをお持ちしました」

「ありがとう」

読んでいた本から顔を上げたカイルと目が合う。

その美しい空色の瞳に見とれかけたとき、ハイネは彼の傍らに置かれた小箱に気がついた。

中が見えぬよう包装されていたが、ハイネはその中身が何であるかすぐ気がついた。

花祭りの夜、男性が意中の女性に渡す、花を模した髪飾りだ。

それを贈り、相手から守り袋を返されたら一緒に祭りに行くと言う意味になり、箱を戻されたら他の人と行くという意味になるもので、ハイネはまだもらったことがないけれど、ルイーズや姉のもとには毎年この箱がたくさん届いていたのを思い出す。

それをカイルが持っているということは、これから誰かを誘うつもりなのだと気づいて、ハイネの心にぽっかりと穴が空く。

店にずっといるからと安堵したけれど、祭りの夜は長い。これから誰かを誘い、繰り出すことだって十分あり得るのだ。

箱から急いで目を逸らし、ハイネは呼吸を整えながら、空のコップにワインを注ぐ。

「それじゃあ、今日はお先に失礼します」

「もう、上がるのか？」

「お祭りに行こうと思って」

口ではそう言いながら、ハイネはもう祭りの気分ではなかった。いい加減いい人を見つけようと思ったばかりなのに、カイルが誰かと歩いているのを見てしまったらと思うと今日は外に出たくない気分だった。

(家を出て、父が飲みにでも出たらこっそり帰ろう)

それまでは路地裏で時間をつぶそうとハイネが考えていると、カイルが小声で何かをこぼした。

それに気づき、ハイネはまだ自分が給仕の最中であったことを思い出す。

「すみません、今なんて?」

「いや、これから祭りに行くのに相手はいるのかと……」

「いるように見えます?」

暗い気持ちを隠しきれず、ハイネの声はとげとげしくなってしまう。

慌てたのはカイルだった。

「別に馬鹿にしたわけではない」

「いいんです、事実ですし」

「ただもし、相手がいないなら俺に付き合ってはくれないか?」

向けられた言葉と視線に、ハイネの時が止まった。

自分の前に差し出される箱を見て、それからもう一度カイルを見て、ハイネはようやく先ほど彼が告げた言葉の意味を理解する。

「聞いてるのか？　ハイネ？」

名を呼ばれ、混乱の渦《うず》に呑《の》まれていた意識が少しだけ浮上する。

「はい」と答えたいのに、唇は震えるばかりで言葉が出てこない。それでも何とか彼に一緒に行くと告げたくて、ハイネはお腹にぐっと力を込める。

だがその必死さが顔に出ていたのか、カイルはまた慌てた様子で僅かに身を引いてしまった。

「これはその……違うのだ。ともかく時間は取らせない。ただお前に会いたいという男がいて、彼の話を少し聞くだけでいい」

淡々と告げながら、カイルは包みを開けて中身をハイネの手の上にのせた。

睡蓮《すいれん》をモチーフにした銀細工の髪飾りはうっとりするほど美しかったが、最後に付け加えられた言葉のせいで、細工を喜ぶ余裕がハイネにはなかった。

「会いたい人？」

「俺の友人だ。そいつに、お前を連れてきて欲しいと頼まれた」

「……え、じゃあ」

カイルが贈ってくれたものだと思っていたけれど、今の説明をつなぎ合わせると、どうやらそうではないらしい。

「そいつは今手が離せなくてな。だから彼のところまで、俺がエスコートを……」

言葉を最後まで聞くことなく、ハイネは髪飾りをカイルの手に戻す。

「ごめんなさい、私、その方とはお会いできません。申し訳ありませんと、お伝えください」

自分でも驚くほど冷静に言葉を返し、ハイネは深く頭を下げる。

途端に目頭にかっと熱が走り、止める間もなく涙が零れてしまった。

その涙で、ハイネは気がついた。自分は失恋したのだ。

カイルは自分に何の感情も抱いていない。

そうでなければ、友達から預かった髪飾りをこんなふうに渡すことなどするはずがない。

（もっと早く、諦《あきら》めておけばよかった……）

そうすれば、こんな最悪な形で彼の気持ちに気づかずにすんだのにと、ハイネは唇をきつく嚙む。

悔しさと情けなさに歪む表情も、涙も、カイルには見せられない。

だからハイネは汚れたエプロンでそれをぬぐうと彼を見ないままその場から逃げ出した。

背中越しにカイルの声が聞こえた気がしたが、ハイネは振り返ることができなかった。

はしゃぐ人々の声を聞くのがつらくて、ハイネは一人、表通りから外れた裏道を歩いていた。

思わず店を飛び出してきてしまったけれど、行く当てなどない。

女友達はみんな恋人や家族で祭りに出かけているし、そんなところに顔を出して邪魔をするわけにもいかない。

家に帰る手もあったが、もしカイルがまだいたらと思うと気が進まないし、涙は治まったけれどひどい顔をしているだろう。

万が一そんな顔を見られたら、きっとカイルも涙の理由を察してしまうに違いない。

優しい彼のことだから、理由を知れば責任を感じてしまうだろう。

勝手にカイルに恋をして、失恋したのは自分なのに、彼に気を遣わせるのはハイネが一番望まぬことだった。

（もうすでに、迷惑はかけてしまったけれど……）

差し出された美しい髪飾りを思い出し、ハイネはまた目の奥が熱くなる。

恋愛に興味のなさそうな彼が口添えをする位だから、きっと会わせようとしたのは彼の親しい人物に違いない。

それを理由も告げず断ってしまったことに、申し訳ない気持ちがじわりと広がった。

カイルが気持ちを知っていたならまだしも、ハイネは彼を好きだと告げたことが一度もない。

ならばまさか自分に気があるなんて思ってもみないだろうし、今頃カイルはハイネの態度を疑問に思っているに違いない。

むしろ失礼な女だと怒っているかもしれないと思うと、心は重くなり思わず歩みも止まってしまう。

(もう少し、冷静になろう……)

無造作《むぞうさ》に置かれていた樽《たる》に腰を下ろし、ハイネは大きく息を吐く。

いきなり逃げ出してカイルは困っているだろうし、父だって突然出て行った娘を心配しているはずだ。

カイルの顔をもう一度見るのはつらいけれど、逃げてばかりいるのも失礼だと、ハイネは自分に言い聞かせる。

(少しだけ、風に当たったら帰ろう。こっそり裏口から入って、顔を洗って、カイル様がまだいらっしゃったら、改めてもう一度ちゃんとお断りをしよう)

断る理由がカイルであることは言えないけれど、そこはうまくごまかそうとハイネは決意する。

しばらくして、ハイネは体を預けていた樽からおり、来た道を戻ろうとした。

「助けてくれ――――!!」

悲鳴が、路地裏から聞こえたのはそのときだった。

人がもみ合う音も聞こえ、ハイネは思わず立ちすくむ。

「誰かっ、誰か!!!」

助けを求める悲痛な声に、ハイネは慌てて周囲を見渡す。

周りには自分以外誰もおらず、切迫《せっぱく》した声から察するに今すぐにでも助けに行かなければ間に合わないのは明らかだった。

「大丈夫ですか！」

声を張り上げながら、ハイネは声のした路地へと入る。

先ほどの通りより一層暗い路地は不気味《ぶきみ》だったが、その奥からは男の息づかいが聞こえた。

乱れた息の合間から助けを求める声が聞こえ、ハイネは思わず駆け出す。

そして目をこらし、息をのんだ。

男性は怪我を負い血まみれだったのだ。

ハイネは恐怖に立ちすくみかけたが、そこでふと、昔ユルゲンから教わった言葉が頭をよぎる。

『怪我人を見つけたら、怖くてもしっかりその目で観察しなさい。血がたくさん流れているようなら止血し、怪我によってはむやみに動かさないこと』

ユルゲンが騎士団時代に学んだ応急処置の技術を教え込まれたのはまだ小さな頃のことだったが、教える声があまりに真剣だったので、ハイネはそれをしっかりと記憶していた。

幼い頃は怪我をした騎士たちもよく店に来たので、客の容態《ようだい》が急変することがよくあったのだ。

そんなとき、幼いハイネは父を手伝い騎士を看病した。中には助けられなかった人もいたけれど、些細な傷であれば手当てをしたこともある。

（あの頃の私にできたんだもの、今だって……）

震える膝《ひざ》を男性の側につき、ハイネは男性に声をかけながら血まみれの体を見た。

傷口は複数あるが一番ひどいのは首だ。

何かに裂かれたような傷に、ハイネはつけたままだったエプロンをとり、ぐっと押し当てる。

白いエプロンは見る間に血に染まり、止血の意味をなしているとは到底思えない。

だがそれでもと傷口を押さえていると、男性の目が大きく見開かれた。

声はなく、代わりに吐息がハイネに何かを伝えようとする。

「すぐ、医者を……」

そういう意味ではないと首を振る彼の口に、ハイネは顔を近づける。

暗がりではよく見えなかったけれど、間近で見たその顔には見覚えがある気がした。

どこで会ったのだろうと考えていたそのとき、男がハイネの胸元を掴む。

（この人、確か雑貨屋の店主さんだ……！）

ハイネがそれに気づいた直後、店主はかすれる声を張り上げた。

にげろ。

吐息の奥から零れた声に、ハイネは彼の必死の訴えが自分へのものだとわかった。

同時に、自分にも危機が迫っていると気づいたが、すべてはもう遅すぎた。

「……マリアンヌ？」

低い、男の声が聞こえた。

はっとして振り返ると、まだ若い男がこちらをじっと見つめている。

「マリアンヌ、君なの？」

尋ねる声は虚《うつ》ろで冷たく、ハイネの背筋がぞわりと粟立《あわだ》つ。

「……あの、私は」

「その声……違う」

「え？」

「君じゃない、お前はマリアンヌじゃない、それにお前は……」

それまで冷静だった声が一変し、男は狂ったように「お前じゃない、お前じゃない」と繰り返し始めた。

その手に、鋭利《えいり》な刃物が握られていることにハイネは気づく。

とっさに前に出した腕の先に熱と痛みが走り、ハイネは悲鳴を上げて倒れ込む。

男が馬乗りになり、息がかかるほどの距離で彼はハイネを見つめていた。

「お前のせいだ、お前が……お前が――――!!」

間近で見る男の顔に、ハイネはあっと息をのむ。

そこにいたのは数日前に雑貨屋で見た、あの男だった。

けれど最後に見たときよりその目は虚ろで、言っていることは支離滅裂《しりめつれつ》だ。

そのうえ彼は、ハイネの首を恐ろしいほどの力で絞《し》めつけ始める。

息苦しさに視界が歪み、男をよけようと体を捻《ひね》るがびくともしない。

助けてという言葉すら出せず、空気を求めるように震える唇からはかすれた喘《あえ》ぎ声だけが漏れ続ける。

そんなハイネを、男は嬉しそうに見つめていて、ハイネが喘げば喘ぐだけ、指先には力が増していくように感じた。

(誰か、誰か……!)

心の中で助けを呼んだ瞬間、脳裏に浮かんだのはカイルの顔だった。

いつかのように助けて欲しいと、その腕で安心させて欲しいと強く願う。

そしてその想いは、衝撃と共に叶った。

「ハイネ！」

名を呼ばれ、冷え切っていた体に温もりが蘇る。

咳《せ》き込みながら顔を上げると、ハイネはいつの間にかたくましい腕の中にいた。

何が起きたのかと周囲を見回せば、ハイネの上に乗っていた男は通りの奥に倒れている。

「ハイネ、聞こえるか？　ハイネ！」

名前を繰り返し呼ばれて、少しだけ意識がはっきりしてくる。

筋肉質な体は驚くほど硬かったけれど、それが自分を守る壁のようにも思え、ハイネは無意識にカイルに身を寄せていた。

そうしていると張りつめていた緊張の糸が切れ、ハイネはカイルの腕の中で意識を手放したのだった。

＊　＊　＊

ぐったりと動かなくなったハイネを見た瞬間、カイルは仕込み杖から刃を抜きはなっていた。

騎士たるものいかなる時も冷静であれ。決して頭に血を上らせるなと言い聞かせていたのに、ハイネの上にまたがる男の姿を見た途端その言葉が頭から吹き飛んだ。

起きあがろうとしている男を見つけると、カイルは剣を手に背後へと立つ。

ふらつく男からは戦意の喪失が見られるが、今のカイルには関係がなかった。

ハイネを傷つけた男が目の前で生きていることが許せなかった。彼女を傷つけた腕を、彼女を見つめた瞳を、彼女を怖がらせたそのすべてを破壊せねばという衝動に駆られ、彼は獣のように牙《きば》を剝《む》く。

「殺してやる」

ふらつく男めがけ、カイルは何のためらいもなく剣を振るった。

手応えがあり、血しぶきが飛び、そして……。

「ああ……お前も同じなのか」

男は、笑っていた。

聞こえるはずだった悲鳴に代わり、路地裏に楽しげな声がこだまする。

カイルがはっと顔を上げると、体を切り裂いたはずの剣は男の左腕を飛ばしただけだった。

確実にしとめるはずの一撃をよけられたこと。そして何よりこの状況で嬉しそうにしている男の姿を見て、カイルはようやく冷静になる。

(俺は今、何をした……？)

激情に駆られて敵の背後から剣を振るったことに、カイルは気づく。

背後からの攻撃はもちろん、戦意のない相手に剣を振るうのは騎士がもっとも恥じることだ。

なのにカイルはそのことを、僅かな間完全に忘れていた。

むしろ手応えを感じた瞬間、笑みすら浮かべていたように思う。

自分が恐ろしくなり、カイルは思わず男から距離を取る。その姿を、男は腕を一本なくしたにもかかわらず、やはり楽しげな表情のまま、見つめていた。

「お前も同じだ」

「同じ……？」

「なくせばわかる。なくせば、皆同じになる……」

にやりといびつな笑みを浮かべ、男は足音もなく走り出した。

あれだけの失血をしておきながら、男は驚くほどの身軽さで、瞬き一つの間に暗がりの中へと消えてしまう。

今の体では追いつけないと判断したカイルは、追うのを諦め、ハイネのところへ戻った。

ハイネの側に膝をつくと、カイルはまず外傷がないかを確かめ、首元に手を当て、脈を確認する。

手のひらに当たった吐息にひとまず安堵してから、今度は隣に倒れる男性のほうを見た。

あまりに失血が多く、目を見開いたまま硬直している様子からこちらはもう息絶えているとわかる。

それでも奇跡が起きないかと呼吸と脈を確認したが、残念ながら彼はもう手遅れだった。

血に濡れた手をシャツでぬぐってから、カイルは祈りの言葉を口にし、男のまぶたをそっと閉じる。

そのときふと、カイルは男の側に自分が切りとばした男の腕が転がっていることに気がついた。

先ほどの失態を思い出し苦い気分になっていると、複数の足音が路地の奥から響く。

仕込み杖を引きよせ警戒を強めたが、近づく気配はなじみのものだった。

「手遅れだったか……」

現れたのはオーウェンと数人の騎士たちで、彼らは血で汚れた現場に苦々しい顔をする。

「彼女は？」

「無事だ。だが犯人は逃がした」

「血まみれだが、お前怪我は？」

問題ないと伝えながら、カイルは落ちた腕を拾い上げる。

それをオーウェンに放ろうとして、カイルは男の手首に彫られた入れ墨《ずみ》に目をとめた。

黒い竜をかたどったそれを見て、カイルの顔から血の気が引いた。

その模様の意味とやっかいさを、彼は知っていたからだ。

「おい、どうした？」

カイルの様子を奇妙に思ったらしいオーウェンが、男の腕を取り上げ観察する。

その横で、カイルは地面に膝をつき、倒れたハイネを抱き上げた。

「オーウェン、後始末《あとしまつ》は任せた」

「おい、どこへ行く気だ」

「ハイネをうちに連れて帰る」

今すぐにでも駆け出したい気持ちを抑えながら言うと、オーウェンが渋《しぶ》い顔を返した。

「彼女は目撃者だ。騎士団の本部で話を聞きたい」

「話なら俺が聞いて伝える」

「だが……」

「唯一の目撃者である彼女はまた狙われる可能性もある。そうなったとき、騎士団と俺の側とどちらが安全だ？」

カイルの言葉にオーウェンは沈黙し、それから彼は連れて行けとばかりに手を振る。

「恩に着る」

そしてカイルはハイネを抱いたまま、夜の闇へと消えていった。

一方、残されたオーウェンは惨状《さんじょう》に顔を顰め、手にした腕を部下に押しつける。

「本当に行かせてよかったんですか？」

まだ若い騎士がこぼした言葉にオーウェンは苦笑し、もう一人の騎士がわきまえろと肩をこづく。

まだ少し幼さが残る顔立ちから察するに、若い騎士は入団して間もないのだろう。

戦争を経験していないであろう彼が、カイルの強さも恐ろしさも知らないのは当たり前だと思い、オーウェンは気にするなと笑った。

「ああ見えても伝説の騎士様だ。奴がやる気になってるなら、任せておいたほうが安心だよ」

「しかし、殺人鬼一人くらい我々でも……」

「ただの殺人鬼ならな。だがカイルとやり合って逃げおおせた相手だ、手練《てだ》れに間違いない」

それに腕を見ろと騎士たちに告げて、オーウェンはつらい記憶をたぐり寄せ、眉をひそめる。

「その黒い竜の入れ墨、見覚えがあるだろう？」

「あるなんてものじゃありません、先輩の騎士たちはみんなこれを入れています」

黒く猛々《たけだけ》しいその竜はイルヴェーザ王国軍の軍旗に描かれている印で、強さとたくましさの象徴とされている。

特に戦争中では、多くの騎士たちが幸運の印として体のどこかにこの竜を彫り込むことが多く、勤続年数が長い騎士ほど体のどこかには必ず、この竜が彫り込まれていた。

「つまり犯人は、元騎士ってことですか？」

「それも手練れだろう。入れ墨を入れてからだいぶ年月が経っていそうだし、このとおり腕には傷も多い。それだけ長い間戦争を戦い抜き、生き残った男なら、かなり腕が立つはずだ」

「しかし、それほどの騎士がなぜ……」

「それがわかれば苦労しない。ひとまず俺たちは、犯人の身元を探ろう」

これはやっかいな相手だぞと心の中で付け足しながら、オーウェンは男の残した腕を見た。

「だからひとまず、護衛はカイルに任せよう。あいつの屋敷は無駄に警備も厳重だしな」

「騎士団よりも、ですか？」

「俺だってたぶん無傷で忍び込むのは無理なくらいだし、それに……」

オーウェンはハイネを抱きかかえていた親友の様子を思い出し、ため息をつく。

カイルがあそこまで険しい表情をつくるのは、誰かを死ぬ気で殺すか守ると決めたときのものだ。

「つーか、俺のこと馬鹿にできないだろあれは……」

察しのいいオーウェンは、カイルが何に心を捕らわれているかすぐにわかった。

だからこそ、彼に任せたほうが安心だと送り出したわけだが、本当は少しだけ不安もある。

「あいつ、女の子の扱い方とかわかってるのかな……」

思わずこぼしたオーウェンの真面目な顔に、若い騎士は怪訝そうに首をかしげた。

第四章

カサドの東の外れ――かつて騎士団の作戦本部が置かれていた古城の一室で、カイルはいつにもまして凶悪な顔で、寝台に眠る少女を見つめていた。

（ハイネがここにいるなんて、何だか妙な気分だな……）

静かな寝息を立てているハイネを見つめながら、カイルは自分で運んできたにもかかわらず、そんなことを考える。

戦争が終わった後、朽《く》ちかけていたこの城をカイルが買い取ったのは先月のこと。まだすべての手入れがすんだわけではないが、今ハイネが横になっているのは改装が終わったばかりの彼の寝室だ。

城の中でも一番安全だからと連れてきたが、彼女を医者に診《み》せ、ひと心地ついた今、改めてハイネを見つめていると、彼女がここにいることがまるで夢のようだとカイルは思う。

ハイネ＝シュミット。

カイルに水をかけ、そう名乗った少女に特別な感情を抱いてからもう四か月が経つが、こうして彼女を屋敷に連れてくるのは、もっと先のことだと思っていた。

生死の境《さかい》を二か月も彷徨《さまよ》う怪我を負い、身も心もぼろぼろになっていたカイルを叱咤してくれたとき、カイルは生まれて初めて強さ以外のものを得たいと強く思った。

それがこの小さな少女であることにまず驚き、それからそれを得る方法にまったく見当がつかないことに途方に暮れたときのことを、カイルは昨日のことのように思い出す。

正直そのときまで、カイルは自分が誰かを好きになり、口説《くど》くことなどあり得ないと思っていた。

カイルは幼い頃から荒んだ環境に身を置いてきたせいで、女性に向けるべき優しげな表情を持ち合わせておらず、愛想笑いや優しげな笑みを浮かべようとすると頬がつり、今からお前を殺してやると言いたげな表情になってしまう様な男だった。

そんな自分が誰かを好きになるなんて考えたこともなかったから、女性を口説き落とす方法なんて知ろうともしなかったし、知る必要もないと思っていたのに、ハイネとの出会いでその認識を改める羽目《はめ》になったのだ。

「旦那様、そんなにじっと見つめてもお嬢様はまだ起きませんよ」

いさめるような声で我に返ると、見知った顔がカイルをじっと見つめていた。

側に立つその若い男は、この屋敷の家令で、かつてカイルと共に騎士団で剣を振るった、イオルという名の元騎士である。

カイルほどではないが彼もまた立派な体躯をしており、家令と言うよりは騎士と紹介されたほうがまだしっくりくる見かけだが、家令としての仕事も完璧にこなす努力家で、先ほども手際よくハイネの寝床と医者を用意してみせたところだ。

「お医者様の見立てでは、切り傷と擦り傷と打ち身を除けば特に怪我はないようです。ただ、目が覚めるまではもう少しかかるかと」

「そうか……」

まだ年若い家令の淡々とした説明を聞きながら、カイルはハイネの眠る寝台に膝をついた。

小柄な少女が眠るにはあまりに大きなその寝台は、普段カイルが使っているものだ。

騎士団に置いておくよりは安全だと思って連れてきたが、眠るハイネを見つめていると、本当にこれでよかったのだろうかという思いが湧き起こる。

あのときは自分が彼女を守らねばと思い、彼女を抱えてきてしまったが、どう考えてもこれは後々説明に困る状況だ。

「イオル」

「何でしょう旦那様」

「これは、やりすぎだろうか？」

尋ねると、勘のいいイオルは僅かに黙り、それから主に向けるにはふさわしくない小馬鹿にしたような笑みを浮かべた。

「それは、妙齢の女性を、護衛を理由に誘拐《ゆうかい》してきたことですか？」

「人聞きの悪いことを言うな」

それに父親には許可も取ったと、カイルは真面目な顔で、ここに来るまでにハイネの父と急いで交わした契約書を引っ張り出す。

「急いでいたので簡易のものだが、犯人が捕まるまでこちらで保護することはユルゲン殿もご承知だ」

「無駄に律儀《りちぎ》というか、ある意味手が早いというか……」

契約書を受け取り確認しながら、イオルはちらりとカイルを窺う。

「なら、いいんじゃないでしょうか？　むしろ、いつもしていることよりは健全ですね、いつもしていることよりは」

あえて二度同じ言葉を繰り返すところに非難の意志を感じてイオルを窺うと、彼は呆《あき》れ顔をカイルに向けている。

「まさか、自覚がないんですか？」

「自覚？」

「犯罪すれすれの求愛行動をとっていることを非難しているんですよ。騎士団時代に磨《みが》いた、尾行や諜報《ちょうほう》のスキルを使って、お嬢様のことをあれこれ探ったりしていたでしょう」

全部お見通しですよと言われ、カイルは僅かに驚いた。

「相変わらず、お前は察しがいいな」

「普通気づきます。お嬢様のお店に毎日顔を出しているところも、彼女をつけ回しているところも、自分を含め屋敷の者たちのほとんどが知っておりますし」

「つけ回しているのではなく、あれは護衛だ」

「隠れて、ですか？」

「本当は隠れたくなかったが、護衛を申し出たら全力で逃げられたからな」

あのときは傷ついたなと見当違いの傷心に浸っていると、イオルは大きなため息をこぼす。

だがカイルだって、別に好きこのんでこそこそ行動しているわけではない。

放っておくと面倒事に巻き込まれるハイネがいけないのだ。

店で酔っぱらいに絡まれるくらいならまだいいが、ごろつきにまとわりつかれたり、言い寄られたりするのは日常茶飯《さはんじ》事で、それをカイルはどうしても無視できない。

「放っておけないくらいお好きなら、ちゃんと気持ちを伝えて交際を申し込めばよろしいのに」

「いずれはそうするが、今はまだ無理だ」

というか、カイルは自分の知りうる限りの誠意と甘い言葉と愛情表現をすでにハイネに示してきたが、何一つ届かなかったというのが正しい。

「思いは何度か伝えたが、酒と薬のせいでこぼした戯れ言だと勘違いされた。今日も髪飾りを突き返され、あげくの果てに逃げられた」

目の前から全力で去られ、カイルは今度こそ心が折れるかと思った。

だがハイネが去ったあと、店に駆け込んできたオーウェンから殺人事件が起きていると教えられたことで覚醒《かくせい》し、そのおかげでハイネの救出がぎりぎり間に合った。

そして彼女を守るという口実が、カイルの折れかけた心の添え木となり、今こうして再びハイネの側にいる次第である。

「旦那様の言葉選びがすさまじく下手すぎたんじゃないですか？」

「言われてみると、そうかもしれないな……」

「そのうえその顔ですし、むしろ嫌っていると誤解されているかもしれませんね」

「そうかも、しれない……」

イオルの指摘が的確すぎて、カイルは少し落ち込む。

「ですがまあ、旦那様は立派なお方です。女性の扱いが下手すぎてつきまとい行為をするような阿呆なところはありますが、地位と名誉と金はあるんです。誠意を伝えればきっとお嬢様もわかってくださいます」

「褒められている気がしないんだが」

「褒めています。とにかく、今度は正攻法で攻めるのです。これはチャンスですよ」

イオルの言葉に、カイルは落ち込みかけていた気持ちを無理やり浮上させる。

ハイネには申し訳ないが、少なくともこの状況はカイルにとっては好機だ。

しばらくはこの屋敷にいてもらうことになるだろうし、そうなればカイルのことを理解してもらえる機会はたくさんある。

運よく、ハイネが何を好み、何を求めているかはすでに把握《はあく》済みだ。

今までに得た情報を駆使《くし》し、彼女の心を摑めばまだ勝機はある。

「その顔は、やる気になってきましたね」

「ああ。そのためにも、ここにある物を用意してくれ」

告げながら、カイルは本棚の奥に隠した手記を取り出す。

それを渡されたイオルは中を開き、そして青ざめた。

「あの、これは……」

「ハイネの好みや彼女の行動を分析《ぶんせき》し、記載したものだ。いずれ夫婦となったとき、これを参考に贈り物や屋敷の改装を行おうと思ってな」

「……旦那様、無礼を承知で言わせてください」

「何だ？」

「すごく、気持ち悪いです」

「どこがだ？　分析は正確だし的確だぞ」

「いや、そういうことではなく……」

「それに、どんな砦を攻略するのにも情報収集と敵の把握は重要だ。これを用い、俺はハイネを攻略する」

断言する主の姿に、イオルは青い顔のまま大きく息を吐く。

「女性は砦ではありません」

「しかし俺は、砦しか落としたことがない。本当は恋愛と紳士としてのたしなみを学び、せめて人並みに笑えるようになってからプロポーズするつもりだったが、今は悠長《ゆうちょう》なことを言ってられないので、慣れた方法でいく」

「……まあ、何を言っても無駄そうなので、イオルは陰ながら応援しています」

後押しとは言いがたい応援の言葉に任せろとカイルは笑ったが、向けられた笑みはどこまでも引きつったままだった。

＊　＊　＊

「とにかくまずは、屋敷の警備を強化しろ」

「ついに日頃の訓練の成果を見せるときですね」

近くで交わされるこの声は、いったい誰のものだろうか。

おぼろげな意識を覚醒させながら、ハイネは側から聞こえる会話に耳を澄ます。

「これは遊びではないぞイオル。すべての窓に格子《こうし》をはめ、庭の罠《わな》を作動させておけ」

（格子……？　罠……？）

彼らはいったい何を話しているのだろうかとぼんやり思っていると、会話がとぎれ、代わりに温もりが額《ひたい》に触れた。

その心地よさに閉じていた目を開き、固まった。

「目が覚めたか？」

いつもは遠くから眺めてばかりいたカイルの顔が、触れるほどそばにある。そのことに動揺するあまり、喉から絞《しぼ》り出した声はひどくかすれていた。

「どうして……」

ここにいるのか、そもそもここはどこなのか、そして今はいつなのか。

頭に様々な疑問が浮かんでは消えたが、その一つとしてハイネは言葉にはできなかった。

上半身を起こした途端、何の前触れもなくハイネの体がぶるりと震えたのだ。

自分の体の変化に驚いたが、その原因がわからずハイネは困惑する。

自分の身に何が起こったのだろうかと、目覚める前の記憶をたぐり寄せてみるが心当たりがまったく浮かばない。

ただ何かがあったのは明白で、体の震えは収まるどころか次第にひどくなっていく。

そのことにハイネが戸惑っていると、カイルが突然彼女の体を抱き寄せた。

「もう安全だ。ここに奴はいない」

奴とは誰かと尋ねかけたとき、ハイネの震える声を大きな金属音が遮る。

何事かと音の出所を探ると、広い部屋の奥、大きな窓の前に使用人らしき男たちが三人ほど立っている。

そして彼らは三人がかりでようやく持ち上がる、大きな鉄格子を窓にはめていた。

美しい調度品に囲まれた部屋に不釣り合いなそれは、まるで何者かの逃走を防ごうとしているように見え、ハイネは慌てた。

「私、何か悪いことを？」

「お前がそんなことをするわけがないだろう」

「ですが、あんなに大きい格子が……」

「あれは守るためだ。敵がお前を攫《さら》おうとしても、簡単にいかないように」

カイルは真面目な顔で説明するが、どれもハイネにはぴんとこない。

「敵……？　攫う？」

「ああ、お前は事件の唯一の目撃者だ。だから念のために……」

「待ってください、事件って何ですか？」

それに敵とは誰のことだと再度尋ねるハイネに、カイルは息をのむ。

「まさか、憶えていないのか？」

「ごめんなさい、私……」

「謝らなくていい。ゆっくりと、憶えているところまで話してみろ」

いつになく穏やかな声に、ハイネは記憶をたぐり寄せる。

「明日の、花祭りの準備をしていました。父と、明日はきっと客は来ないと笑って、でも念のためにと父がつくった花祭り用の蜂蜜《はちみつ》酒を用意して、そして布団に入ったことは思い出せます」

「……つまり、丸一日記憶が抜けたのか」

一日という単語にハイネは驚きのあまり言葉をなくす。

そんな彼女に、カイルは優しく寄り添い、そしてゆっくりと今日の出来事を話した。

聞かされた内容はあまりに恐ろしいものだったけれど、穏やかな語り口と、ハイネの肩を抱き寄せる優しい手つきで冷静に聞くことができた。

だが壮絶な体験の片鱗《へんりん》も思い出せないことがハイネには不安で、額にそっと手を当てる。

「頭でもぶつけたのでしょうか？」

「調べてもらったがそれはない。たぶん、精神的なものだろう。人は心に大きな負荷がかかると、自衛のため、起きたことを忘れてしまうことがある。騎士の中にも、生死を彷徨ったことでその前後の記憶を失う奴はよくいる」

「カイル様も、そういうことが？」

尋ねると、なぜだかそこでカイルが少し考え込む。

「俺はないな。どんなときでも冷静であるよう訓練しているから、崖《がけ》から落ち、全身の骨が砕けたときのこともちゃんと記憶している」

どのように折れたか、どんな音だったかも思い出せると淡々と告げるカイルに、ハイネは言葉を失う。

「だが俺の場合が例外で、お前のような若い娘なら記憶が飛んでしまうのも無理はない」

「いつか、戻りますか？」

「人によって様々だが、戻る可能性は高い。だが無理に思い出すなよ、忘れているのは心がそうすべきだと判断しているからだ」

自分の身に起きた恐ろしい出来事を教えられた今、ハイネはそれを思い出すのが怖かった。

聞くだけでも震え上がるほど恐ろしいことなのに、それを自分はこの目で見て体験している。

その記憶は想像を絶するものに違いなく、できることならば一生このまま忘れていたいとも思う。

けれど一方で、カイルの話を聞く限り自分は犯人と一番近くで相対している。

その情報はとても貴重なものに違いなく、犯人が逃亡中であればなおさら、自分の記憶が求められているに違いない。

「でもせめて、犯人の面影くらいは憶えていたほうが捜査にも役立ちますよね」

「面影なら俺も見ている。暗かったのでさすがにはっきりとはわからなかったが」

「だけど……」

「何度も言わせるな。お前は自分で思っている以上に、この件で疲弊している」

指摘され、そこでハイネは今もなお震える体に目をとめた。

記憶はないが、言いしれぬ恐怖は体に巣くい、背筋は凍え冷え切っている。

震えを何とか止めたいが、ハイネにはどうすることもできない。

「まずは休息だ。あと……」

大きな手に不釣り合いな愛らしいティーカップを、ハイネにそっと差し出す。

「これは？」

「昔、俺に水をかけたあとお前が出してくれたのと同じお茶だ。温かいお茶は心の疲れも癒やしてくれると、お前は言ったな」

ティーカップを受け取って、ハイネはお茶の香りを吸い込む。

すると確かに、僅かだが体の震えが収まった気がした。

「あのときは、色々と失礼を……」

「そんなことは今どうでもいい。さあ飲め」

震える手をカイルに支えられながら、ハイネはお茶をゆっくりと一口飲み下す。

途端に、体の芯がかっと熱くなり凍えがあっという間に吹き飛んだ。

突然の変化に戸惑いながらお茶をもう一口飲み、ハイネははっとする。

「あの、これもしかしてお酒入ってますか？」

「ああ、体を温めるために入れた」

「でもこれ、何だかすごく強い……」

「すまん、酒は嫌いだったか？」

嫌いではないしむしろ好きだが、強くはないと告げようとしたとき、視界がぐにゃりと歪む。

視界だけではなく、ハイネの体もまたカイルの体に力無く倒れかかってしまう。

それを見て何を勘違いしたのか、格子をつけていた使用人と執事らしき男たちが、慌てた様子で部屋を出て行く。

いらぬ誤解を与えてしまったとハイネは気づいたが、謝罪の言葉は目眩《めまい》に呑まれて出てこない。

「すまない、こんなに弱いとは」

「酒場の娘なのに、情けない……です」

「いや、体質ならばしかたない」

飲ませてすまないと謝りながら、カイルはハイネを寝台に優しく横たえてくれる。

「とりあえず今日は休め。俺が側にいるから」

安心しろと、カイルは寝台から降りようとする。

「待って……！」

カイルの腕をぎゅっと抱き、そしてはっとする。

我ながらどうしてこんな大胆なことができたのかわからず戸惑っていると、ハイネ以上に困惑した顔でカイルが僅かに身を引く。

「……だめ」

その手を更に強く引きよせて、ハイネは自覚した。

どうやら自分は、カイルに触れていないと安心できないらしい。

「ごめんなさい、私何だか変なんです」

「変？」

「カイル様に触っていないと、体がおかしくなりそうで」

素直に体のことを告げると、カイルは一瞬固まってから天を仰ぎ、呻《うめ》いた。

「俺はお前の言葉でおかしくなりそうなんだが」

「ごめんなさい、困らせてしまって……」

「いや、いい。あんなことのあとだ、人肌が恋しいのもわかる」

カイルは少しためらってから、ハイネの横に身を横たえた。

彼の重みでベッドが大きく軋《きし》み、身軽なハイネの体は彼のほうへと傾く。

そのまま彼の胸に頬を寄せると、ハイネはようやく生きた心地がした。

「まだ少し、震えているな」

「体が離れたとき、なぜか怖い気持ちが急に戻ってきてしまって」

ごめんなさいと震える声で謝るハイネの頭を、カイルがぎこちない手つきで撫でる。

こういうことには慣れていないだろうに、ハイネを落ち着かせようと手を動かす彼に、ハイネは愛おしさを感じた。

「俺が恐ろしいのでなければ、よかった」

「恐ろしいなんて、そんなこと思ったことありません」

「この顔でもか？」

「凛々《りり》しくて素敵だと思いますけど」

酒の力もあってか、普段は言えない言葉がハイネの口からするりと零れる。

凛々しくて、男らしくて、でも笑うと優しいカイルの顔がハイネは大好きだった。

それをこんなにも間近で見られることに今更のように感動していると、カイルが僅かに眉根を寄せる。

「そんなに見つめられると、妙な気分になる」

「カイル様も、具合が悪いのですか？」

「いや、そういうわけではないが……」

確かに少し、いつもより顔が赤く見えるのは寝台の側に置かれた蝋燭《ろうそく》に照らされたせいだけではないだろう。

自分を助けるため、何か無理をさせてしまったのではないかと思ったハイネは、彼の額にそっと手を置く。

「何か、私にできることがあればおっしゃってください。何でもいたします」

「いやしかし……」

「カイル様のお役に立ちたいんです」

頑《かたく》なハイネに、カイルはもう一度天井を仰ぎ、そして大きなため息をこぼした。

「砦の攻略においては確実に罠だが、しかしこれは…うむ……」

なにやら独り言をぽつりとこぼしてから、カイルは再び大きなため息をつき、ハイネの手をそっと摑む。

「俺は男女の駆け引きに慣れていない。それにお前は今酔っているのだろう？　きっと後悔する」

「あなたの役に立てるなら、後悔することなんてありません」

ずっとカイルの役に立ちたいと思い続けてきたハイネは、自信を持って断言する。

「何でも言ってください、どんなことでもいたします」

必死になるあまり、ハイネは無意識にカイルの手を両手で握りしめ、懇願するように自分の胸元に引き寄せていた。

「女にそこまで言わせて引くのも男が廃《すた》るか」

「ならば……」

「先ほどの言葉、違《たが》えるなよ」

いつもと同じ優しげな笑みだったのに、言葉と共に向けられたそれはぞくりとするほどの色気に満ちていた。

そこでようやく、彼が求めていることにハイネは気がついた。

途端に僅かな後悔を抱いたが、この状態で彼の求めに気づかなかった自分の間抜けさが何より恥ずかしい。

そんなためらいを感じてか、カイルがそこで動きを止める。

「やはり、やめるか？」

尋ねられ、ハイネは頷きかけたが、彼から視線を逸らすことができなかった。

「あの、本当に私でいいんですか……？」

「他に誰がいる」

「でもカイル様なら、他にもっと美しいお相手がいらっしゃるかと……」

「生憎《あいにく》だが、俺の顔を見て素敵だと言い切る女性はお前くらいのものだ。大抵は見ただけで逃げ出すし、娼婦にさえ相手をされないこともあるぞ」

確かにこうして間近で見ると、カイルの迫力はすさまじい。

たくましい体は岩のようにも思え、未経験の自分で相手になるのかという不安もある。

けれど目の前に好きな人がいて、彼が自分を求めている状況は、今を逃せばきっと二度とない。

ならばこれを逃す手はないと、浅ましい考えがハイネの脳裏をよぎってしまった。

性に寛容《かんよう》なイルヴェーザでは、双方の同意があれば結婚していない男女でも体を重ねることはよくあることだし、むしろ初めてを彼に捧《ささ》げられるのはハイネにとっては喜ばしいことだ。

（一度だけなら、許されるかしら……）

無自覚に火をつけてしまったカイルの本能を利用するのはずるいと思ったけれど、こうでもしなければ彼に触れてもらえるチャンスはもう訪れないかもしれない。

「私でいいなら、続けてください」

すんなりと零れた言葉に、ハイネは改めて、自分の中の浅ましさを自覚する。

卑しい容姿だと言われ続けてきたけれど、それは自分の心も同じなのだ。

「ならば、遠慮はしないぞ」

纏っていたガウンの隙間にカイルの手がゆっくりと差し入れられる。

カイルのものであろうガウンはハイネには大きすぎたため、強く引かれるとあっという間に脱げてしまった。

裸にされて恥ずかしいのに、それ以上にカイルに触れられていることが嬉しくてハイネは目を細める。

「もう、我慢できそうにない」

熱を帯びた言葉と吐息に続き、カイルの唇がハイネの唇に重なり、その奥へと舌を進ませる。

キスをしたのは初めてで、舌を使うことを知識でしか知らなかったハイネにとってカイルに与えられるそれはあまりに深く、激しかった。

「……ふぅ、あ……」

いつ呼吸すればいいかわからず、空気を求めようと口を開けようとしても、カイルの大きな舌がそれを素早く塞いでしまう。

思わず逃げようとするハイネの舌をとらえ、掬《すく》い上げるようにして絡みつかれると、息苦しさでぼんやりし出した頭が更にとろけてしまう。

「まだ口づけしかしていないのに、ずいぶん乱れるな」

唇を吸われ、もうろうとしていたハイネの頬にカイルの吐息がかかる。

ようやくキスが落ち着き呼吸ができるようになったが、今度は別の意味で息が詰まった。

「そこ……は……」

いつの間にか、カイルの大きな手のひらがハイネの胸に触れていたのだ。

人より大きな胸は肌や髪の色と相まってハイネにとっては悩みの種だったが、カイルの手に包まれているそれは不思議といつもより小さく見えた。

それだけ、カイルの手は大きくてたくましいのだ。

「痛くはないか？」

大きくて強そうな手のひらは、少し力を入れればハイネの胸をつぶすのも簡単そうなのに、胸に添える彼の指はひどく優しい。

「大丈夫です」

「俺の手は人より硬いから、痛いようなら言え」

確かにハイネの頂《いただき》をこする指先も、膨《ふく》らみを柔らかく揉《も》みしだく手のひらも、柔らかさはなく無骨だった。

骨張った手のあちこちにはタコがあり肌触りは決してよくはないが、それが胸をこするとハイネは何とも言えない切ない気分になる。

むしろもっと強く触って欲しくて、ハイネは無意識にカイルの手に自分の手を重ねる。

「手加減は、必要なさそうだな」

小さな笑みと共に、カイルはハイネの体を軽々と持ち上げる。

そのまま視界がぐるりと回ったかと思うと、ハイネはベッドの上にあぐらをかいたカイルの胸に背をくっつけた状態でたくましい腕の中にすっぽりと収まっていた。

彼の体がいかに大きいかは知っていたはずなのに、自分を抱き込んでもまだ余裕がある肩幅と厚い胸板は、見るのと触れるのとではまるで違った。

あまりの圧迫感にハイネはカイルという檻《おり》に閉じこめられた囚人《しゅうじん》のような気分になったが、ハイネはそれを恐ろしいとは思わなかった。

むしろ嬉しいと思っている自分に戸惑っていると、カイルの大きな手のひらがもう一度ハイネの胸へと戻ってきた。

そのまま先ほどより強く胸を揉まれると、なぜか腰の奥が切なく疼いた。

触れられた胸が疼くのはわかるが、どうして違う場所が反応するのかと、この手の経験がないハイネは疑問に思う。

「……あっ、ンっ…」

わからないのは、無自覚に零れてしまうこの声もだ。

カイルの指が胸の頂をこするたび、吐息と共に小さな声が漏れてしまう。

それが恥ずかしくて口元を右手で押さえると、カイルが苦笑する。

「声は我慢するな。手は、ここだ」

口を押さえていた右手をカイルにとらえられ、右の乳房の上で重ねられる。

「そのまま、ゆっくり自分の胸に触れてみろ」

「……え、自分で…ですか……？」

「そうだ」

声と大きな手のひらに操《あやつ》られながら、ハイネは自分の右の胸を強く揉んでみる。

「もっと力強く、声が溢れるくらいに」

命令されているわけではないのに、カイルの声に促されるとどうしてもあらがえず、ハイネは更に指に力を込める。

それに応えるように手を強く握り返されると、再び腰の奥の疼きが戻ってくる。

「あぅ、ん……」

「次は一番上だ」

言われるがまま乳房の頂に指をやりこすりあげると、得体の知れない震えが体を駆け上がる。

その波はハイネの体を勝手に支配し、疼き続けている腰をびくんと動かした。

「ここがいいのか？」

ハイネの指を優しく押しのけ、今度はカイルの指が頂を強くこする。

「ん……んっ！」

左だけではなく右もこすりあげられると、今度は立て続けに腰が動いてしまった。

「いつも胸でしているのか？」

「いっ…も？」

「こうして、自分で触れて気持ちよくなったりはしていないのか？」

そこでまた強く胸をこすられて、ハイネは言葉が出なくなる。

代わりにふるふると首を横に振れば、カイルは愉悦《ゆえつ》にぷくりと膨らんだ突起を軽く指ではじいた。

「胸……だめ…です…」

「嫌という顔には見えないが」

「嫌じゃない……けれど……」

体から力が抜けてしまうこの感覚は、なぜかとても恐ろしいものに思えた。

それをカイルに伝えたいのにやはり言葉は出ず、立て続けに胸をこすられて溢れるのは、意志を持たない吐息と嬌声《きょうせい》ばかりだった。

「嫌でないのなら、やめない。それに、初めてならば色々と試さないとな」

何を試すのかと尋ねる間もなく、胸を押さえていた右手がハイネの下腹部へと下りていく。

腹部を指でなぞられ、更に下へと進められると腰の奥に疼きとはまた別の、熱い何かが生まれる。

「触るぞ」

どこをと尋ねる間もなく、ハイネの蜜壺を大きな指がこする。

「ずいぶんと、濡れているな」

くちゅくちゅと音がして、何かがハイネの秘部とカイルの指を汚していく。

それを感じたハイネはまさか漏らしてしまったのかと縮み上がったが、割れ目をこするカイルの動きは止まる気配がなく、音も淫《みだ》らに大きくなるばかりだった。

「そこ…だめ…です」

「ここはよくないか？」

「汚れ……てる…から」

「ああ、これか」

重なりあう襞《ひだ》を割るようにして撫でていた指を、カイルがゆっくりと持ち上げた。

「これは汚いものではない」

指の間に糸を引くそれを見てハイネは無性に恥ずかしくなったが、カイルは頓着《とんじゃく》していないようだ。

「これはお前の蜜だ」

「蜜…です…か…？」

「汚いものではないし、むしろ多いほうがお前も楽になれる」

指を伝い落ちる蜜をハイネに見せつけてから、カイルはそれを舌でゆっくりと舐《な》め取った。

蜜を舐め取るカイルの表情はひどく官能的で、ハイネの背筋がぞくりと震える。

「お前も、舐めてみるか？」

問いかけと共に指で唇をなぞられ、ハイネの口が小さく開く。

そこへすかさず指を差し入れると、カイルはハイネの舌を撫であげた。

「ん……ふぁ……む……ンっ」

蜜とは名ばかりで甘い味などしなかったけれど、カイルに舌を撫でられ歯を擦られると、ハイネは彼の指先に夢中になってしまう。

そうしてしばらくカイルの指を追いかけていると、カイルのもう一方の手が蜜に濡れた花弁を覆い、中指が敏感な場所を擦り上げる。

「ん、あっ……」

「蜜でここを濡らすのは大事なことだ。だから俺の指先に集中して、身を任せろ」

得体の知れない感覚は怖いけれど、カイルに優しく諭《さと》されるとハイネはそうしなければならないような気になってくる。

「体の力を抜いて、声も我慢するな」

彼に身も心も預けていると、先ほどまであった恐怖も薄れて大きな幸福感に抱かれているような気分になる。

「今度は胸にも触れるぞ。どちらが好きか素直に言うんだ」

口から指を引き抜かれ、胸の頂と秘部の奥を同時にこすられると、ハイネの腰が今まで以上に大きくうねった。

「同時は、いや……です」

「どちらもよくないか？」

「いいです……けど……おかしく……」

おかしくなると伝えたいのに、先ほどよりも強く頂をつまみ上げられ、声は嬌声へと変わってしまう。

直後、今度は太い指が重なった媚肉をなぞり、小さな芽を強くこすった。

「ん、くぅ……」

刺激は甘い痺《しび》れに変わり、ハイネの体はがくがくと揺れる。

「ここが、気持ちいいのか？」

二度、三度と執拗《しつよう》にこすられて、ハイネの隘路《あいろ》からとろりと蜜が零れる。

「わから……ない……」

「では、わかるまで続けよう」

胸と陰部の一番敏感なところを、カイルの指が何度もいじる。

それだけで声と蜜が溢れてしまうのに、いつしかカイルは、ハイネの耳元にも唇を寄せていた。

そのまま耳たぶを甘く噛まれ、舌で舐められると、今度は聴覚までカイルに支配されてしまったように感じる。

耳を舐めるいやらしい音が他の音を遮断し、肌を滑るカイルの指先に意識が更に集中する。

淫猥《いんわい》な音とハイネの敏感なところを攻め続ける指先に、秘められた快楽が目覚め、ハイネの顔が恍惚《こうこつ》に歪む。

「ん、はぁう……んっ、あぅ……」

「もっと激しく、するか？」

耳元の甘い囁《ささや》きに、自然と首が動いた。

「して……、ください」

直後、愛撫によって赤く熟れていた花芽を、カイルの指先が強く刺激した。

それまでにない激しい震えが全身に走り、ハイネの脳裏で火花がはじける。

「ん、あああああ――――!」

がくがくと痙攣《けいれん》する体に恐怖を覚えたが、それも一瞬だ。

たくましい体にぎゅっと抱きしめられると、世界が真っ白に染まり、ハイネは何もわからなくなった。

それからどれくらい快楽の世界に捕らわれていたのかはわからないけれど、波が引くように、少しずつハイネの心と体は現実へと戻ってくる。

「達《い》けたようだな」

「い……けた……?」

「気持ちよくなると、ああなる。なりづらい者もいるが、お前はそうではないようだな」

それを証明するように、もう一度胸をいじられると、体の奥が再び痺れ始める。

けれど先ほどのように、体は大きくは動かなかった。

達したことで糸が切れたようになっていて、体に力が入らない。

力を失ったハイネの体を、カイルが寝台に横たえる。

「そのまま、少し横になっていろ。今度は少しきついぞ」

そう言って彼がそっと離れると、再びハイネの体が恐怖で引きつり震えが走った。

達したあとなので先ほどのように縋《すが》り付くことはできなかったけれど、カイルを求めて体が悲鳴を上げているのがわかる。

それを察したのかカイルはすぐまた彼女を抱き寄せてくれた。

そこでハイネは、カイルが衣服を身につけていないことに気がついた。

重い頭を動かし彼を見ると、カイルのたくましい体が蝋燭の光に照らされ淫靡《いんび》な陰影をつくっている。

服の上から触れて、彼の体を知った気になっていたけれど、生まれたままの姿になったカイルは先ほどよりずっと猛々しかった。

動くたび筋肉が隆起し、体のあちこちについた傷痕が生き物のように蠢《うごめ》く。

しなやかで強《したた》かな猛獣《もうじゅう》を思わせる彼の肉体から目が離せなくなっていると、カイルがハイネの上に重なった。

とはいえ、小柄なハイネでは彼の巨躯を支えられないので、彼はうまいこと膝をつき、ハイネに負担がないよう注意しながらその身を寄せてくる。

肌がぴたりと張り付き、溶け合う温もりに、ハイネの口から安堵の息が零れる。

「あ……っ……」

だが直後、蜜口を大きな熱に擦られて、安堵の息は淫靡な吐息へと変わった。

熱の正体が知りたくて、ハイネは自分の下腹部へと目をやり、息をのむ。

猛々しい肉体にふさわしい恐ろしく太い肉棒がハイネの蜜を絡ませながら下腹部をこすりあげていたのだ。

あれがこれから自分の中に入るのだと思うと、大きな不安が胸を突く。だが一方で、一度冷めかけていた下腹部の熱がじわりじわりと高まり、ハイネの中で淫猥な期待が芽生え始めた。

「すぐに挿れたいが、まずは路《みち》をつくらねばならないな」

「みち……？」

「ずっと奥まで繋《つな》がるためのものだ」

肉棒をこすりつけてハイネの熱を高めた後、カイルは少し体を引き、再び花弁に指で触れ始めた。

甘い刺激にハイネが蜜を溢れさせていると、急に鈍い痛みを感じる。

痛みから逃れるように跳ねる腰を押さえつけながら、カイルはハイネの中に指を深く押し入れた。

「いた……い……」

「もう少し濡らすか」

人差し指を中に入れながら、太い親指でカイルはハイネの花芽をこする。

すると入り口はさらに蜜で潤い、ハイネの肉壁はカイルの指を奥へと誘《いざな》った。

異物感に下腹部が痛むが、擦られたところから溢れ出す熱はその痛みすら溶かしていく。

先ほど達したとき以上の熱に頭の芯がとろけ、ハイネの口からは淫靡な吐息が絶えず零れていた。

その吐息に合わせ、カイルは指を奥へ奥へと進ませる。

何度も抽送を繰り返されるうちに、痛みは消えていた。

いつしか指の数も増やされていたが、ハイネはそれに気づかず、体はカイルを受け入れる準備を着々と整えているようだった。

「良い子だ、もう大丈夫だろう」

絶え間なく蜜をこぼし、喘ぎ続けるハイネにカイルが優しく声をかける。

「大切に抱くつもりだが、あまりに辛いようなら言え」

頭を優しく撫でたあと、不意にカイルがハイネの腕を引き、手を繋ぐ。

直後、カイルは横たわるハイネの脚の間に体を割り込ませると、濡れそぼった蜜壺に肉棒を宛がった。

「――あっ！」

衝撃に続いて訪れたひきつれるような痛みに、ハイネの顔が歪む。

「まだ先が入っただけだ。奥へ進む、痛むぞ」

更に奥を熱の塊《かたまり》が突き上げ、痛みと圧迫感でハイネは息が詰まった。

「ん、ああっぅ、…いた…い…あぁ」

自然と涙が零れ、苦痛が声となってほとばしる。

カイルのものはあまりに大きくて、ハイネは自分が二つに裂かれているように感じた。

けれど同時に、たくましい腕と体にきつく抱き寄せられることで、痛みの奥に熱と安堵が生まれる。

カイルと隙間なく重なることが、ハイネの体に痛み以上の喜びを生み出していた。

「ハイネ」

いつもとは違う、熱のこもった声でカイルに名を呼ばれる。

まるで恋人に向けるようなその声音に、痛みとは別の涙がハイネから零れた。

思わず彼と繋がった手をきつく握ると、カイルのすべてがハイネの中へと入っていく。

「……んッ」

二人の下腹部がぴたりと合わさったのを感じ、ハイネは不思議な満足感に目を細めた。

痛くて、今すぐにでもやめて欲しいという気持ちもあったが、それ以上にカイルと繋がれたことにハイネは喜びを感じていた。

「カイル…さ…ま」

「……ようやくだ」

震えるような声で囁いて、カイルがハイネの中で大きく動く。

「あぁ、んっ、ああ…待って」

カイルの抽送に合わせ、ハイネは悲鳴にも似た声を上げた。

動くだけでもすごい圧迫感なのに、ハイネの中でカイルの熱は刻一刻と高まり肥大《ひだい》していく。

あまりの熱さに体が内側から溶けてしまいそうになり、ハイネは寝台の上でいやらしく身悶える。

太ももを、腹部を、胸を触られるとハイネの奥から熱と蜜が更に零れた。

それをカイルによって掻《か》き出されながら、ハイネは次第に痛みとは別の何かに翻弄《ほんろう》されるようになる。

それは、快楽だった。

熱と共に訪れた快楽の波が、ハイネの意志を淫らに歪め始めたのだ。

「気持ちいいのか？」

カイルの言葉に、ハイネは素直に頷いた。

「きもち…い…です」

「どこがいい？」

「わから…ない……」

中だけでなく、彼が触れるところすべてが気持ちよくて、ハイネは大きく震え、喘いでしまう。

「ぜんぶ……い……い……」

あまりの気持ちよさに、ハイネの奥がカイルをきゅっと締め上げる。

その淫靡な動きに、カイルの雄がハイネの中で大きく蠢いた。

「そろそろいいか？」

一度引いた腰を、カイルは力強く穿《うが》つ。

「あああ、あくっ、ンぁあ――――!!」

深く埋められた屹立に何度も中を抉《えぐ》られ、ハイネは呼吸すらままならなくなる。

そのまま激しい腰使いに翻弄されていると、不意に最奥を抉っていたカイルの動きが止まった。

「一度、達くぞ……」

一番奥へ達した熱が爆ぜ、ハイネがよがり狂う。

秘所から零れ落ちていく熱を感じながら、ハイネはカイルの目の前で、はしたなく四肢を震わせ続けた。

カイルによって焼き尽くされたハイネは息も絶え絶えなのに、虚ろな目をカイルにむけると、彼の瞳は未だ爛々と獣が獲物を見つめるように輝いている。

まだ終わりではないのだと気づいた直後、ハイネは唇を荒々しく奪われた。

く。

「ふぅ、んふ、んぁう」

先ほどよりもっと乱暴に、激しく舌を絡められ、ハイネはされるがまま彼に貪《むさぼ》られてい

同時に体内でカイルの雄が力を取り戻すのを感じ、ハイネは何でもすると宣言したこと
を少しだけ後悔した。

たくましい彼はきっと、一度の行為では満足できないだろう。

それに対して、受け入れるにはあまりに軟弱な自分にハイネは不安を感じる。

だがそれでも最後まで付き合わなければと、少しでもカイルの体を受け止めたいと思い、
ハイネは震える腕を彼の頭にゆっくりと回した。

＊＊＊

窓から差し込む月光がハイネの美しい顔を照らすのを見つめながら、カイルは汗と体液
に濡れた彼女の肌をタオルで優しくぬぐった。

体力を使い果たしたのか、ハイネは今、深い眠りについている。

カイルが触れてもぴくりとも動かないことから察するに、かなり疲れているのだろう。

それも当然だ。記憶がないとはいえ彼女は命の危険に見舞われ、そのうえかなり長いこ

とカイルと交わり続けたのだから。

(少しやりすぎたか……)

熱情に身を任せ、自分の熱と想いを彼女に注ぎ続けたことをカイルは今更のように反省する。

彼女が縋り付いてきたときにその手を拒むべきだったのに、ガウンから覗くしなやかな肌を見たら、彼女を抱きたい衝動《しょうどう》を抑えられなくなっていた。

(性欲を抑えるのは、得意だったはずなのに……)

騎士であった頃は、戦場で生き抜くための特別な訓練をいくつも受けた。

その中の一つとして、己の欲望を制御する方法を学んでおり、性欲の抑え方も彼は知っていた。

なのに今、三度もハイネの中に注いだにもかかわらず、体は静まる気配がまるでない。

戦地に赴き、長いこと性欲を抑えねばならなかった経験は何度もあった。そのたび苦もなくそれをやってのけたのに、今はいくら体を静めようとしてもだめだった。

気を抜けば今すぐにでもハイネの体を開き、猛った楔《くさび》を打ち込みたくなる。

そのたびカイルはハイネの唇にキスを落とすことでしのいだ。

覚めることのない熱にうかされながら、カイルは改めて自身のうちにあるハイネへの執着を自覚する。

「お前はいつか、俺に水をかけたことを心底後悔するかもしれないな」

そんな言葉をこぼしながら、カイルは華奢な体をそっと抱き寄せる。

するとハイネは、まるで縋るようにカイルの体に身をすり寄せてきた。

肌が触れあう心地よさに、カイルはそのまま彼女の側で眠りたくなる。

「――っ！」

だが目を閉じかけたとき、カイルの胸のうちが急に冷えた。

まぶたの裏の闇が深くなり、思い出したくない記憶が洪水のように流れ出す。

それは体を壊すほどの怪我を負って以来、時折訪れる不快な現象だった。

怪我をしたときのこと、そして戦いで奪われた仲間たちの死に顔がよぎり、幻となって現れるのだ。

それはこうして眠りに落ちるときに現れることが多く、そのまま無理に眠ると悪夢にうなされ、周りの寝具を派手に壊していることまであった。

そんな状態でハイネの隣で寝るわけにはいかないと、カイルは気持ちを落ち着けながら目を開ける。

（この悪夢も、どうにかしなければな……）

再び目を開けハイネを見つめていれば、不思議と不快感も悪夢も消えていく。

今日は彼女を見つめながら夜を明かそうと、カイルはハイネを抱く腕に力を込めた。

第五章

「まず、この屋敷での取り決めについて話しておこう」
「目覚めて早々堅いお話はやめてくださいよ旦那様。まずは朝食です」

カイルと家令の妙に間の抜けたやり取りで始まった朝に、ハイネがまず感じたのは戸惑いだった。

激しい行為に疲れ果ててしまったハイネが目覚めたのはつい先ほどのこと。

太陽の位置にまず驚き、それから寝かされていたベッドの隅に腰掛けていたカイルを見て更に驚いた彼女は、自分の置かれた状況を把握するのにしばしの時間がかかった。

今は昨夜のことを思い出し、何とか遅い朝食の席に着いているが、自分の横にぴったり寄り添うカイルの存在は未だ慣れない。

慣れないといえば、今の自分の格好もそうだ。

服を用意したとカイルが言うので、てっきり家からいつもの服を持ってきてくれたのだと思っていたのだが、侍女たちが運んできたのは彼女の私服とは似ても似つかぬ高価な下着とドレスだったのだ。

普段は姉のお下がりのワンピースにエプロンという組み合わせばかりなので、赤いビロード生地のドレスは触るのも初めてだった。

もちろん着方もわからなかったが、戸惑う間もなく侍女たちに腕を引かれ、慣れた手つきでドレスを着せられ、髪まで結い上げられてしまったのだ。

ちなみにその間も、カイルから離れた途端、震え始めてしまう始末だ。

ゆえに体のどこかは常にカイルに触れたままで、それが余計に恥ずかしかったが、彼のほうはハイネが隣にいることをすでに受け入れているらしく、その顔に困惑の色はまったくない。

「とりあえず食え。その間に、今後のことを説明する」

カイルは淡々と言い放つが、彼が指し示す料理とその量もなじみがないもので、ハイネは「はい」と答えつつどう手をつけたらいいかわからない。

ハイネにとって、朝食といえば店の残りもののスープとパンが定番だった。

ハイネの父は料理ギルドで修行した腕利きの料理人だったから、スープは二日目でも美味しく味わえたけれど、パンのほうは店に出せなくなった古いものだったので、スープに浸さなければ噛みきれないほど硬い代物だった。

だがそれが普通だと思っていたし、むしろ自分の家の朝食は豪華なほうだと考えていたけれど、目の前に並べられた料理の数々は比べることもおこがましいほど素晴らしいものだった。

見ただけで温かいとわかる粥《かゆ》や、庶民はなかなか口にできない厚切りのハムや大きなソーセージ、美しい彩りの果物やジャム、ふわふわのパン。

それらがテーブルに数種類ずつ並べられ、ハイネはその数に目眩すら覚えた。

「お嬢様のお好きなものがわからなかったので、色々と用意してみました」

ハイネの動揺を察し、穏やかに声をかけてくれたのは、給仕をしてくれた若い家令だった。

「作法は気にせず、ご自由にどうぞ。こちらのジャムは庭でとれた木イチゴを使ったもので、パンにもよく合いますよ」

年も若く、家令らしからぬ大柄でたくましい体躯の男性だが、彼はこの屋敷のことをとりまとめるイオルという家令だと先ほどカイルから説明を受けた。

イオルに促されるままパンを手に取り、ハイネは一口噛んだところで息をのんだ。

（パンが……パンが噛みきれる！）

思わず二口、三口と頬張ると、カイルはそれを見て満足げに頷いた。

「食事に関しては好きなものを用意させるから何でも言ってくれ」

「でも、そこまでしていただくのは申し訳ないです。私、好き嫌いもないですし」

実際、パン以外の料理を食べてみると、そちらも驚くほど好みの味ばかりで、これならばどんなものでも食べられてしまいそうだとハイネは思う。

「それでも、何かあれば言え。料理長も肉ばかり焼かされてノイローゼ気味だしな」

奇妙な話に首をかしげるが、その意味はすぐにわかった。

部屋に入ってきた給仕係が、朝から食べるとは思えないほどの分厚いステーキをカイルの前に持ってきたのだ。

「まさか、これを朝から召し上がっているんですか？」

「体をつくるには肉を食べるのがいいと、昔お前が教えてくれただろう」

確かにカイルがまだ細かった頃、ハイネは体をつくるために栄養価の高いもの、野菜や肉をとれと助言をした気がする。

まさかそれを朝から実践しているとは思わなかったが、短期間で彼が今の肉体を取り戻せた理由の一端を、ハイネは知った気がした。

「旦那様は料理人泣かせなのです。なので、よければお好きなものをあとで教えてください。でないとお嬢様の好物を正しく提供できませんので」

イオルにまでにこやかに念押しされ、ハイネは慌てて頷く。

「他にも、欲しいものがあれば自分やイオルに言え。どんなものでも用意する」

「今あるものだけでも十分すぎます」

「遠慮はするな。お前にはしばらく窮屈《きゅうくつ》な思いをさせるのだし、少しくらい甘えていい」

そう言って、カイルはハイネの手をそっと握る。

「ここにいてもらうのも、半分は俺の我が儘だ」

カイルの言葉に、ハイネは今更のように、どうして彼が自分をここに連れてきたのかと不思議になる。

カイルと離れられないとわかった今はその必要性を感じるけれど、自分を守るだけならば騎士がすればいいことだ。

「あの、一ついいですか？」

「何だ？」

「どうしてカイル様は、私をここに？」

「俺がお前を守りたいと思ったからだ」

どこか事務的でさらりとした言い方なのに、カイルの言葉は不思議と愛の告白のようにも聞こえ、ハイネは食べていたパンを喉に詰まらせそうになる。

昨日の晩に気づいていたが、カイルはおそらく彼自身が思っている以上に無意識に女心を刺激する甘い言葉を口にする。

行為中とは違って、今の声は決して甘くなく淡々としているのに、この手の言葉になれていないハイネはドキドキしてしまう。

（やっぱり、せめて恋愛の指南書や小説を読んでおくんだった……）

そうすれば、きっとこんな些細なことでドキドキせずにすんだに違いない。

男性に縁のないハイネに、友人たちが恋愛に関する本を薦《すす》めてくれたことはたくさんあったが、憧れを強くするだけだからと断っていた。

そんなハイネに、ルイーズが以前苦言を呈《てい》したことがある。

『恋を遠ざけすぎていると、本当に好きな人ができたとき困るわよ。特に片思いのときは、相手の言葉のすべてが、自分を好きだと告げているように思えて、気持ちを測るのがすごく難しいんだから』

その意味が、今ならはっきりとわかる。

「ぼんやりしているが、大丈夫か？」

耳元で心配そうな声が聞こえ顔を上げると、先ほどよりずっと近い位置にカイルの顔がある。

大きな腕を肩に回され気遣うように背を撫でられると、それだけでハイネの呼吸は乱れてしまう。

「すみません、考えごとを……」

「何か、不安なことでも？」

あるといえばカイルのことだけだが、それを本人に言えるわけがない。

「記憶がいつ戻るのか少し不安で……」

しかたなく嘘でごまかすと、背を撫でていた手が頭の上に優しく置かれる。

「あまり考え込むな。ひとまず、お前はここでゆっくりしていればいい」

何とかごまかせたけれど、優しく髪を撫でられてハイネは内心悲鳴を上げそうになった。

「わかりました。お世話に、なります……」

ハイネの言葉にカイルは満足げに頷き、それから何かを思い出したような顔で彼はイオルに目を向けた。

「ただしいくつか、お前には守ってもらわねばならないこともある。安全のためだが、できるか？」

「難しいことですか？」

「お前次第だ」

そこでイオルが、どこからか持ってきた大きな紙を、体の前に広げる。

「それは、屋敷の見取り図ですか？」

その大きさに驚いていると、カイルは頷いた。

「お前が入ってもいい部屋と、駄目な部屋を色で分けておいた。侵入者防止用の罠と格子の設置が増えれば入室可能な場所も増えるが、まだしばらくは窮屈させると思う」

何かの作戦でも説明するように、カイルは見取り図を指さし淡々と説明を続ける。

「見取り図には緊急用の避難経路と避難場所が描いてあるので、場所を憶えてくれ。この屋敷には有事用の隠し部屋がいくつかあるから、何かあったらそこを使う」

事務的な指示が続くと、やっぱりさっきの言葉は甘い言葉でも何でもなかったように感じられてきた。

見せてもらった屋敷の地図を見る限り、どうやらこの屋敷は外部からの侵入が困難なつくりになっているようだ。ハイネを連れてきたのも、ここが他より安全な場所だからかもしれない。

「もし俺の不在時に何か問題が発生したらすぐ、使用人たちに声をかけろ。男性のほとんどは元騎士だから、速やかにお前を守ってくれる」

「……何だか、騎士団にいるみたいです」

「第二の騎士団と言っても過言ではないだろうな。使用人たちは皆、怪我などを理由に退役した者たちで、まだそれなりに動ける奴も多いしな」

「じゃあイオルさんも？」

尋ねると、イオルはにっこり微笑む。

「私は少し事情が違いますね」

「イオルは戦時中、俺とオーウェンの下で働いていたんだ。優秀な男で、本来ならカサド騎士団の副団長になる予定だったんだが……」

「ですがカイル様が体を壊したと聞き、楽して稼げるチャンスが来たと思ったんです」

にこやかな笑顔で、イオルは告げる。

「怪我で騎士団を辞したならいずれ大きな屋敷を構えるでしょうし、そうなれば使用人が必要でしょう？　いつ体を壊すともしれない騎士団で働くより、お屋敷勤めのほうが将来安泰ですし、それなら自分を雇って欲しいと頼んだんです」

「騎士として有望な奴だし最初は断ったが、この勢いに負けてな……」

淡々と語る表情の中に、困ったような、でもどこか嬉しそうな感情を見つけ、ハイネは自然と胸が温かくなるのを感じる。

四か月前のカイルは、まるで世界のすべてが敵だとでも言うように、差し出される手をすべてはねのけ酒に溺れていた。

でも今の彼は、彼を支える人々に囲まれ、その手をちゃんと取っているのだろう。

いつも店にいるので彼の屋敷のことを少し心配していたのだが、この分だとうまくやっているようだ。

「イオルはもちろん、他の者たちも皆よくやってくれている。騎士団上がりの者が多いので最初は家事や給仕もさんざんだったが、イオルや女たちが根気よく指導したおかげで今では皆よい働きをしてくれる」

カイルの話を聞いていると、ハイネは詳しく見て回る前だというのに、すでにこの屋敷の人たちが好きになっていた。

いつまで居ることになるかはわからないけれど、ここでならうまくやっていけそうだと思えてくる。

「自分の家だと思って、好きに過ごしてくれ」

ただし……と、カイルは再び事務的な口調に戻る。

「安全のため、屋敷で過ごす上での注意事項がまだある。まず、屋敷の外には基本的に出ないで欲しい。敷地内の安全が確認されれば中庭は許可するが、それも俺が側にいるときに限る」

「わかりました、守ります」

「それからここにいるのは秘密にすること。両親はもちろん友人とも、しばらく連絡は取らないで欲しい」

そこまでするほどだろうかと一瞬思うが、カイルの真剣な表情が崩れていないということは、これはかなり重要なことらしい。

「お前がここにいることは可能な限り誰にも知られたくない。関わり合いがある人物に危害が及ぶのを防ぐためにも、寂しいとは思うが我慢して欲しい」

カイルの言葉に、ハイネは慌てて頷く。

父やルイーズたちが自分の身を案じ、心配しすぎないかは気がかりだけれど、迷惑をかけるほうがずっといやだった。

「はい。ここにいることは、誰にも言いません」

「では最後に、犯人が捕まるまではなるべく俺の側から離れないようにして欲しい。用を足すときは例外だが、基本朝から晩までずっとだ」

ずっとという言葉に、ハイネの頭を様々な不安がよぎる。

だがまず一番に浮かんだ不安は、口にするのも恥ずかしいことだ。

「俺の側は、嫌か？」

ハイネの戸惑いに気づき、カイルが眉をひそめる。

「そうじゃなくて、むしろ今はその、離れているほうが怖いですし……」

「なら、何が不安だ？」

「……不安なのは、先ほどおっしゃった例外のほうです」

言いながら、カイルの手のひらをぎゅっと握ると彼はすべてを察してくれたらしい。

「わかった。では、俺もついていこ――――」

「安心してくださいお嬢様。旦那様がきっと、まともで完璧な手を考えてくれますから」

カイルの言葉を遮り笑顔を向けてくるイオルに、ハイネはひとまずほっと胸をなで下ろした。

＊　＊　＊

「お前が俺から離れられないのはおそらく、あのとき俺がお前の窮地《きゅうち》を救ったことが頭の奥に刷り込まれていること、そして一人になることへの不安によるものだ。だからその不安を取り除けば、多少距離が空いても体の震えが出ることはなくなると思う」

朝食を終えた後、カイルはそんな説明をしながら、ハイネと地下室へと誘った。

屋敷の案内もかねてと言うので少しわくわくしていたのだが、いきなりあからさまに怪しい隠し階段を下り、闇へと降りていくカイルにハイネは戸惑いしか感じない。

不安を取り除くという言葉とは裏腹の行動に困惑しつつも、「何かあったら止めますから」とついてきたイオルが言うので、ハイネはひとまずカイルの後に続く。

すると長い階段の果てには、闇に覆われた空間が広がっていた。イオルが手にした燭台の灯りだけではすべてが見通せないが、かなり広そうだということはわかる。

「イオル、明かりをつけろ」

イオルが慣れた足取りで闇の中を進み、壁に設置されたたいまつに火をともしていく。

おかげで闇が消え、ハイネは一瞬ほっとしたが……。

（何これ……!?）

部屋の様子がわかるにつれて、ハイネは悲鳴にも似た吐息を口からこぼす。

「さて、どれから試す？」

指さされたものを見て、ハイネは思わずカイルの背に隠れた。

なにせ自分たちを取り囲むように置かれていたものは、ひどく物騒な形状をした剣や武器ばかりで、中には拷問《ごうもん》器具にしか見えないものまである。

「こ、これで、いったい何をするんですか？」

「不安を取り除くんだ」

「……それは、乱暴な方法だったりします？」

炎に照らされてぎらりと光る刃の数々に、ハイネの脳裏をよぎったのは荒療治《あらりょうじ》という言葉である。

「怖いことは何もない。ただこの中のどれかを持って、ちょっと振り回してみたりするだけだ」

「振り回す!?」

「お前がな」

「私が!?」

意味がわからず唖然とするハイネの様子に、イオルが咳払いをする。

「たぶん旦那様は、自分に代わってお嬢様の身を守れそうな道具をこの中から探せとおっしゃりたいのでしょう。まあ、ある種のお守りみたいなものですね。持っているだけで心が強くなれるものを探せばいいと、そういうお考えなんです。たぶん」

「でも私、これはちょっと」

「まあ、そうですよね。チョイスが最悪ですよね」

美しい顔に怖いほどの笑顔を貼り付けて、イオルはカイルに向き直る。

「階段を下りたときからもしかしてと思いましたが、何でよりにもよって武器庫なんですか」

「安心できるものといえば、ここかと思った。強い武器を装備すれば、心も強くなるだろう？」

例えばと、カイルが片手で軽々と持ち上げたのはひどく重そうなゲイボルグである。

「例えば、敵から身を潜めなければならないときも、これを持っていたら安らかな気持ちになれる」

ならない、絶対ならないとハイネは思うが、カイルの考えは真逆らしい。

「敵が来たとき、身を守るものがないから不安になる。だから俺以外で、自分を確実に守ってくれそうなものを選べ」

「むしろ持つだけで不安が増しそうなんですが……」

「まあ、待て。よく見てみろ。例えばこのナイフはどうだろう？　小さいし、お前の手にも似合う」

「刃が無駄にギザギザしていて怖いです」

「じゃあこの槍《やり》は？」

「室内で持ち運ぶには長すぎます！」

「ならば、この盾にしよう」

「そんな重いものを持って用なんて足せません！」

思わず声を上げてから、ハイネは自分の発言に恥ずかしくなって泣きたくなる。

その表情にカイルは困ったように眉を下げるが、いくら何でもこれは無理だ。見れば見るほど恐怖のほうが勝り、逆にカイルにしがみつきたくなってしまう。

「……旦那様、やはりこの方法はどうかと思います」

「武器を持てば心が落ち着くと思ったんだが……」

「だからそれは旦那様だけです」

「ならば鎧《よろい》はどうだろう。武器よりは危なくない」

「旦那様、お嬢様は女性なのです。騎士ならともかく、逆に緊張させてしまうだけかと」

なるほどと意外そうな顔をしているところを見ると、彼は本気でハイネに武器を装備させれば不安がなくなると思っていたらしい。

「すみません、旦那様は生粋《きっすい》の戦闘馬鹿なので乙女心に疎《うと》いのです」

「そ、そうですか……」

疎いのは乙女心だけではないのではと思わず考えてしまったのが顔に出ていたのだろう。

イオルはすべてを察した顔で、僅かに声を小さくした。

「今でこそ爵位もありますが、旦那様は幼い頃から傭兵として生きてきた方なんです。友達といえばオーウェン様と剣という有り様で、口説き文句より先に人の殺し方を覚えたような方でして」

「おい、変なことを言うのはやめろ」

僅かに慌てた様子のカイルを、イオルが鼻で笑う。

「これからしばらくご一緒するのですから、欠点もちゃんとお教えしておくべきでしょう」

ぴしゃりと言い放つイオルに負け、カイルは不満げな顔で睨みつけながらも黙り込む。

その視線は鋭く、普通の者ならそれだけで卒倒しそうだが、イオルに臆する様子はない。

ハイネ同様イオルもカイルの顔になれているのだろう。

「運よくイルヴェーザの王立騎士団に拾われたからよかったものの、下手をすれば傭兵どころか野生児になっていたような方なので、多少ぶっ飛んだことを言い出しても、笑って無視してあげてください」

冗談の様な話も交えつつ微笑むイオルに、ハイネもまた苦笑を返す。

(確かにカイル様って、何だか少しずれてるかも……)

元々どこか浮き世離れしているところはあったけれど、それは常識がずれているからなのだと、ハイネは今更のように理解した。

「無視はしませんが、驚かないようにします」

「そうしてくださると嬉しいです」

「おい、早速俺を無視してるだろう」

どこか拗ねたような声に、ハイネはカイルにもまた笑顔を返す。

途端に彼は戸惑ったように眉をひそめ、ハイネから目を逸らした。

以前は目を逸らされると無視されているようで寂しかったが、イオルの発言が本当なら、もしかして彼は反応に困っていただけなのかもしれない。

(そういえば、カイル様が女の人と目を合わせているところって見たことがないし)

「というわけで、旦那様はこれを機に女性の扱い方をもう少し学んでください」

「簡単に言うな。俺には剣しか……」

「騎士に戻らないと決めたのは旦那様でしょう？　だったら、腹をくって世の常識を勉強してくださいませ」

イオルの言葉にカイルは肩を落とす。

その様子を見ていると、彼は根っからの戦士であること、剣を握り、敵を倒すことに人生をかけてきたのだということを改めて感じた。

だからきっと、大怪我を負ったカイルはそれを失うかもしれないと恐れ、あれほど悲嘆に暮れてしまったのだと今更ながらにハイネは理解する。

（でもそこから、カイル様は立ち直ったのね……）

少なくとも今、イオルに怒られているカイルは、自分の間違いだらけの常識を必死に正そうとしているように見える。

それはきっと今の体で生きていこうと決めたからなのだろう。

「ならば、こういうとき何を贈ればいいだろうか？」

真面目に考え込む彼は何だか母親に初めてプレゼントをする子供のようで、ハイネは少しおかしくなる。

そして同時に、今まで感じたことのない愛おしさのようなものが胸の奥から込みあげてきた。

「安心できるものですよね……」

側にいて、不安や恐怖が和らぐものをと考えると、何よりもまずカイルの姿が思い浮かぶ。

たくましい腕や硬い胸板、そして昨晩見た、しなやかで色気の溢れる腹筋を思い出して、ハイネは真っ赤になりながらその想像を振り払った。

「ふと、思ったのですが……」

そんなハイネをじっと観察していたイオルが、不意に手を挙《あ》げる。

「お嬢様は、旦那様に触れていると安心できるんですよね？」

「はい、むしろ手を放そうとすると怖くて……」

「なら旦那様にゆかりがあるものを身につけてはいかがでしょうか？　持っていれば旦那様のことを思い出せるものとか」

確かにそれはいい考えかもしれないと、ハイネも思う。

「俺を、思い出せるものか……」

「ちなみにですが、剣とか防具とか騎士団時代に使っていた装備は論外ですよ」

「それが一番、俺らしいものなんだが」

「物騒なものは私もちょっと……」

ハイネも苦笑すれば、カイルもようやく納得してくれる。

それからカイルは少し考え込み、シャツの下に手を差し入れた。

彼が取り出したのは、紐《ひも》に結びつけられた守り袋だった。

常に持ち歩いているのかひどく汚れてしまっているそれを見て、ハイネの心と頭が僅かに痛む。

(何だかとても大切なもののようだけど、誰かからの贈り物かしら……)

不意にこめかみがズキンと痛み、ハイネは僅かに目を細める。守り袋を見ていると、何か悲しい記憶が頭をよぎるのに、痛みが邪魔して詳細がうまく摑めないのだ。

一方で、押し黙ったハイネを見て何か勘違いしたのか、カイルが少し慌てた様子で言葉を付け足す。

「昔、部下たちからもらったものだ。花祭りのとき、誰からも相手にされない俺をからかうためにいたずらで贈られてな」

ひどいできだろうと差し出されたそれを見ると、確かに袋の縫い目はぐちゃぐちゃで、刺繍に至っては目も当てられない。

でも不思議と、そのお守りを見ていると心が安らぎ、いつしか頭痛も消えていた。

「だが役目は果たしているらしく、これを身につけていると運が向くのでいつもつけているんだ」

告げる眼差しはいつもより優しげで、カイルがこのお守りを大事にしていることが伝わってくる。

そんな大切なものを借りてよいのかとハイネは戸惑うが、カイルはそのためらいを遮るように守り袋を素早く握らせた。

「くたびれていて悪いが、身につけやすいだろう」

これなら合格だろうとカイルがイオルを窺えば、彼は悩みながらも小さく頷く。

「アクセサリー的なものを想像していたのですが、旦那様が持ち歩いているのはこれくらいですしね……」

ただし汚いのが気になると、イオルは容赦なく指摘する。

「人の宝物にけちをつけるな」

「所々破《やぶ》れていますし、せめて少し直したほうがいいんじゃないかと」

「試したが、針で指を刺すだけで終わった」

「侍女の誰かに頼みましょうか？　首からかけるにしても、ドレスから変に浮き過ぎますし」

イオルの言葉に、それならばとハイネが顔を上げる。

「私があとで直してもよいでしょうか？」

勇気が出ないまま、結局カイルへ贈る守り袋はつくらずに終わってしまっていたが、つくり方や直し方は改めて勉強し直したばかりだ。

それにカイルの大切なものを預かるのなら、せめてそのくらいはしたい。

「いいのか？」

「はい、裁縫は得意ですから」

「それならあとでお願いしよう。でも、まずは……」

ハイネにお守りをぎゅっと握らせて、カイルは真面目な顔をつくる。

「これで本当に大丈夫かどうか試してみよう」

＊　＊　＊

カイルとの距離を少しずつ離し、ひとまず一人で立てていることを確認したところで、ハイネはある部屋へと案内された。

（何だかちょっと、別の意味で不安になってきたかも……）

そこは屋敷にある浴室だったが、入るやいなやハイネは僅かに臆してしまう。

ハイネの自室の三倍はある浴室は無駄に豪華で、庶民のハイネには目が眩《くら》むほどだったのだ。

浴槽《よくそう》にはすでに湯が張られており、「湯に浸かれば不安もほぐれるから」と一人にされたけれど、入室からすでに五分が経った今も、ハイネはあまりの広さに圧倒され、未だドレスすら脱げていない。

（ひとまず、これがあれば何とか一人でいられそうだけど……）

体は時々震えそうになるが、首にかけた守り袋をぎゅっと握りしめていると、ひとまずあの発作《ほっさ》のような恐怖は襲ってこない。

カイルからは守り袋は持ったまま風呂に入っていいと言われたが、まずドレスを脱がねばと考えて、ふと気づく。

（これ、どうやって脱ぐのかしら……）

今纏っているドレスの構造を、ハイネは知らないのだ。

そのうえ今右手は頑《かたく》なに守り袋を握りしめているし、ドレスには繊細《せんさい》な飾りがたくさんついているから、適当に触って破ってしまったらと思うと闇雲に引っ張ったりすることもできず、ハイネは途方に暮れてしまった。

（もう少し、ドレスのこともちゃんと勉強しておくんだった）

自分には着飾る機会もないからと、触れてこなかったことをハイネは今更のように悔やむ。

父や姉からは一着くらい買え、作法を身につけろと言われてきたのに、それを拒み続けてきたのは自分だ。

ドレスには興味があったが、それを纏ったところで姉や友人たちのように美しく着こなせる自信がなかったのだ。

娼婦のような見た目になり、あらぬ誤解を受けるのではと恐れていた部分もあって、無意識に躊躇《ちゅうちょ》していたのである。

むしろ今、自分はどう見えているのだろうかと急に不安になってきて、ドレスの構造を知るためにもと、側にあった鏡をそっと覗き込む。

鏡に映る自分の姿を見た途端、ハイネは当初の目的も、呼吸すらも忘れた。

（これが、私……？）

葡萄《ぶどう》酒を思わせる紅のドレスは、ハイネのような庶民では一生かかっても着られないような豪華なものだった。

生地は肌触りの良いビロードで、細身のつくりのおかげでハイネの女らしい体を柔らかに強調し、可憐さをも演出していた。

胸元は少し開いているが、繊細で美しい黒いレースが施されているので、いつもは大きすぎて苦労している胸もこれなら気にする必要はない。

それに何より、色が明るいにもかかわらず派手さがさほどないところがハイネはとても気に入った。

色もデザインも品がよいこのドレスは、ハイネを娼婦ではなく貴族の娘のように見せてくれている。

髪の色も肌の色も変わらないのに、ドレス一つでこうも印象が変わるものなのかと彼女は鏡に映る自分を見て驚いた。

（まるで、魔法にでもかけられたみたい……）

いつもは鏡を見るのも嫌だったのに、今は鏡に映る自分と笑顔で見つめあえていた。

それが嬉しくてその場でくるりと回ったとき、不意に鏡に自分とは別の何かが映った気がした。

カイルだろうかと鏡の奥に目をこらした瞬間、ハイネは思わず悲鳴を上げた。

鏡の向こうに突然見知らぬ男が現れ、ハイネの首をきつく絞めつけてきたのだ。

明らかに幻だとわかったけれど、息が苦しくなりふらつきながら膝をつく。

その拍子《ひょうし》に守り袋が手から零れ、床にくずおれたときには体の震えは抑えが利かないほどになっていた。

（カイル様……！）

そのまま泣きながらぎゅっと目を閉じ、ハイネは一人恐怖に喘ぎながらも無意識にカイルの名を呼んだ。

（あ…れ……）

そうして震えていると、発作が始まったときと同じく、突然息苦しさと震えがぴたりとやむ。

はっとして顔をあげると、太い指が、涙で濡れたハイネの頬を優しく撫でた。

「ハイネ、大丈夫か？」

耳元で響いた声に、ハイネは体が楽になった理由に気づく。

目を閉じたまま腕を伸ばせば、ハイネを守ってくれるたくましい体が優しく包み込んでくれた。

「すまん、もう少し慎重《しんちょう》に試すべきだった」

「私……」

「しゃべるな」

震える唇に指を押し当て、カイルはそのまま楽にしているようにとハイネに指示を出す。

言われるがままカイルの胸に頬を寄せていると、体に残っていた恐怖の名残《なごり》が少しずつ引いていき、先ほどの出来事が嘘のように体は元の調子へと戻った。

「ごめんなさい、急に怖いものが見えて……」

「まやかしだ。ここにあの男は来ない」

(そういえば、顔も見えなかった……)

まるで靄《もや》が掛かったように男の顔が定かでなかったのも、たぶんハイネの恐怖心が見せた幻覚だったからなのだろう。

「男はいない」と繰り返すカイルの声にほっと息を吐いて、それから今更のように彼にしがみついている自分を恥ずかしく思った。

「ごめんなさい」

「なぜ謝る」

「はしたなく、しがみついてしまって……」

申し訳なさから「ごめんなさい」と謝罪を重ねれば、カイルの小さな笑い声が耳朶《じだ》をくすぐる。

「昨日のほうが、もっとはしたなかったと思うが」

「そ、それは昨日……、カイル様が……」

「俺は、もう少しはしたないほうが好きだ」

縋り付くハイネの腰に手を回し、カイルはめくれ上がったドレスの中へと指を滑り込ませる。

そのまま太ももを太い指が撫で上げると、それだけで体に熱が溢れ、先ほどとは違う意味で震えが走った。

それが淫らな期待によるものだとわかり、ハイネが自分の反応に戸惑っていると、カイルは彼女の腕をドレスから引き抜き、脇《わき》を掬い上げるようにして立たせた。

「一人で入れないなら、一緒に入るか」

「入るって、まさか……」

「ひどく汗をかいているようだし、風邪を引くから早く流したほうがいい」

額に張り付いた髪を払われて、ハイネは自分の体が冷えていることに気づく。

恐怖に捕らわれたとき、冷や汗をかいていたのだろう。そっと首筋に触れると、確かに玉のような汗が残っている。

「ほら、脱ぐぞ」

言うやいなや、ドレスのリボンが次々ほどかれ、あっという間にハイネはコルセットとドロワーズだけにされてしまった。

その手際のよさに驚いていると、脱げ落ちたドレスをカイルは洗面台の上に置く。

「そういえばこのドレス、ずいぶん気に入ったようだな。さっき、ずっと見てただろう」

「あ、はい。すごく素敵だったからつい……」

そこまで言ってふと、ハイネは気づく。

(見とれていたとき、カイル様は側にいなかったはずよね……)

洗面所には一人だったはずなのにと怪訝に思っていると、カイルはハイネの考えを察したのか、壁の一点を指さす。

「あそこに、覗き穴がある」

「覗き穴!?」

「お前の身に何かあったら困ると思って、ずっと見ていた」

さも当たり前のように言い切るカイルに、ハイネは怒っていいのか呆れていいのかわからなくなる。

「安心しろ、俺以外は知らない穴だ」

「……ちなみに、もし悲鳴を上げなかったらずっと見ているつもりだったんですか？」

「当たり前だろう」

あまりに堂々と言うので、ハイネは少しげんなりする。

「風呂場で倒れられたら困る」

「心配してくださるのはありがたいですが、覗きは恥ずかしいです」

「そうか、それならやはりこの方法しかないな」

ハイネの恥じらいをまったく理解していないのか、カイルはためらい一つない顔で彼女の背に指を走らせる。

「来い、俺が洗ってやる」

紐がほどける音がして、締め付けられていた息苦しさから解放される。

コルセットを外されたと気づいたときには、カイルの前にハイネの豊満な胸があらわになっていた。

「自分でできます！」

「できていなかったぞ」

脱衣に悪戦苦闘していたのも見られていたのか、カイルはハイネのドロワーズもあっという間に取り去ってしまう。

「服を脱がせるの、お上手ですね」

あまりの手際の良さに思わずこぼすと、カイルは少し考え込む。

「戦争中は、怪我人の服をよく脱がせていたからな。それに、衣服の着脱はそう難しいことでは無い。やってみるか？」

最後に付け加えられた言葉にハイネは戸惑うが、どうやら冗談では無いらしい。

ただでさえ体を隠すものがなくなり混乱しているのに、彼の要求は初心なハイネには刺激が強すぎる。

「あの、お風呂はやっぱり一人で……」

「入れるのか？」

ハイネから距離を置くように、カイルがゆっくりと身を引く。

すると体は勝手にカイルに向かい、裸にもかかわらず彼に縋り付いてしまう。

「決まりだな」

カイルの言葉に、ハイネは小さく呻く。

確かに彼がいてくれれば安心できるけれど、恋人でもないのに一緒にお風呂に入ってもいいのだろうか。

彼の側から離れられず、かといって服を脱がせることもためらっていると、カイルが優しくハイネの頭を撫でた。

「それに、何かあったときのためにも二人のほうがいい。浴室は、危険な場所でもあるからな」

裸になる場所は狙われやすいと豪語《ごうご》され、ハイネのためらいが薄れるが、同時に心配にもなる。

「それならなおさらカイル様が側にいるのは、警護の面で問題がありませんか？」

「ない。むしろ、いなければダメだ」

カイルに断言されるとそうしなければならない気がして、ハイネはようやく納得することができた。

「……それでは、一緒にお願いします」

「任せておけ」

大きくてごつごつしたこの手に撫でられると、ハイネの体から力がゆっくりと抜けていく。

側で見れば見るほどカイルの体は大きく頑丈だ。

太い骨格を覆う筋肉は無駄がなく、体中についた無数の傷を見れば、彼があまたの戦場を生き抜いた優秀な騎士であることがわかる。

多くの血を浴びただろうし、血も流してきたのだろう。

その厳しい生き方が顔にも体にもこびりつき、いつだって彼の表情や声はどこか硬い。

だがハイネに触れる今だけは、彼の中でその硬さが消える。

それがハイネに伝染するように、彼に触れられると、緊張感が不思議となくなり、そのうえひどく心地がよくなる。

とろんとした顔で頭を撫でられているハイネに、カイルが獣のように小さくうなった。

「そんな顔をされると、抑えが利かなくなる」

熱のこもった声に、ハイネは言葉の意味を理解した。

そしてはしたなくも、彼女は僅かに期待もしてしまった。

「そろそろ、脱がせてくれるか？」

ハイネは少し悩みながらも、結局カイルの服に手をかけた。

命令することに慣れた声は、騎士ではないハイネをも従順にさせ、彼女は言われるがまま彼の衣服を脱がせていく。

時折カイルの手を借りながら、すべてを取り去ってしまうと、窓から差し込む日の光が美しい肉体を柔らかく照らした。

昨晩闇の中で見た荒々しさとは違い、こうして光の中で見るカイルの体は美しく、まるで彫像のようだった。

「本当は洗ってやるだけのつもりだったが、我慢できそうもないな……」

そのたくましい体をしなやかに動かし、カイルはハイネを軽々と抱き上げる。

そのまま浴槽に体を沈め、カイルの首に縋り付くハイネの耳朶を甘く噛んだ。

「重くないですか？」

「むしろ軽すぎて心配になる。お前はもう少し肉を食べたほうがいい」

「カイル様ほどは無理だと思います」

　カイルの豪快すぎる朝食を思い出し、ハイネは思わず笑ってしまう。

　そんな彼女に口づけを落とし、カイルはハイネの体をじっと見つめた。

「あまり見ないでください」

「綺麗なものは見たくなる」

「綺麗というなら、カイル様のほうが……」

「俺のどこが綺麗なんだ？」

　傷もそこら中にあるしと首をかしげるが、ハイネからしたら彼の体は何よりも美しく見える。

「その傷は、名誉の証でしょう？　それがこんなにたくさんあるなんて、痛そうですが尊敬します」

「確かに傷は騎士の誉《ほま》れだと言うが……」

　そこでカイルが、僅かに眉根を寄せる。

　青い瞳にどこかつらそうな色がよぎったのが気になり、ハイネは彼を窺う。

　そこでふと、カイルがまだ眼帯をつけたままであることに気がついた。

「それは、取らないのですか？」

左目を隠し続ける眼帯を見つめると、カイルはどこか居心地悪そうに視線を湯に向ける。

「見苦しい傷だから、あまり人には見せたくない」

「もしかして、私がいるからこのお屋敷でもずっとそのままなのですか？」

肯定も否定もなかったが、僅かによぎったためらいの表情で、彼がハイネに傷を隠そうとしていることに気づく。

信用されていない気がして、ハイネの胸がずきりと痛んだ。

昨晩肌を重ね、今日ハイネはカイルの知らない一面を見た。

そのせいで、ハイネはカイルにかなり近づいた気になっていたが、たった一日で彼のすべてを見せてもらえるわけがない。

知らないことや知られたくないことが、カイルにはきっとまだたくさんある。

ほんの一晩体を重ねただけなのに、ハイネは前以上に彼のことを知りたい、彼に触れたいと思うようになっているが、カイルがそれを受け入れてくれる自信はなく、彼女はカイルの瞳からそっと目を離すことしかできない。

「俺よりお前の体を見せてくれ」

うつむくハイネの耳元で静かに囁き、カイルがハイネの顎《あご》に指を這わせる。

彼の指に誘われて顔を上げると、そこには穏やかな笑顔が待っていた。

「私、綺麗じゃありません」

「そうか？　なら洗おう」

そういう意味ではないという言葉は、背筋をなぞるぬるりとした感触に遮られた。

「ひゃっ……」

「ハイネは背中が弱いのか？」

「あの…今何を……」

「石けんだ。体を洗おうと思ってな」

自分で洗えると言うより早く、カイルはハイネを抱き上げ浴槽に縁に腰を下ろす。

彼の膝の上にまたがる格好で座らされたハイネの胸を、石けんで擦り上げられ、泡になりきれなかったぬめりがハイネの胸部を覆う。

「体…自分で……」

石けんのついた体を、今度はカイルの手のひらで優しく撫で上げられ、ハイネの肌は粟立ち、うまくしゃべれなくなる。

「できる…のに……」

「だめだ、俺が洗う」

短くそっけない言葉とは裏腹に、胸を撫で回す手つきは執拗だった。

乳房を滑る指の動きに合わせ、ハイネの乳首はぷくりと膨らんでいく。

誘うように立ち上がるそれが恥ずかしくて、カイルの手から何とか逃れようと体を捻ったが、浮いた腰はカイルの右腕によってきつく膝の上に固定される。

「まだ、綺麗になっていない」

「へんに…なっ…ちゃう……」

「なればいい。それにこれは、昨日のおさらいだ」

「おさら…い……？」

「昨日、俺が言ったことを憶えているか？」

愛撫と湯の熱でぼんやりしてきた頭を必死に動かし、ハイネは昨晩のことを思い出そうとする。

「蜜…を……」

「そして、声は我慢するな」

声に促され、ハイネは自分の下腹部に目をやる。

すると石けんでぬめったカイルの指もそれに合わせて腹部を下り、ハイネの花弁へとゆっくり進んでいく。

「あぅ、あぁ……」

カイルの指がハイネの恥部をこすると、浴室にハイネの吐息が甘く響き始める。

「お前の声は、可愛らしいな」

湯が跳ねる音とは別に、ぐちょぐちょと入り口をかき回す音がして、そのたびにハイネの腰が小さく跳ねる。

　カイルの右腕がしっかり支えているので落ちることはないが、花弁をこする指の動きは次第に激しさを増していき、ハイネの体が戦慄《わなな》く。

「あぁっ、ア……っン」

　大きな指が花弁の奥に潜む芽に触れた途端、ハイネの脳裏が白く爆《は》ぜる。

「ここが好きか」

「んっ……やぁ……変……に……」

　ハイネの声をわざと遠ざけるように、カイルの指が蜜に濡れそぼった花芽を強くこする。そうされるたびに、言葉は意味をなさない嬌声へと変わり、体は快楽の波に溺れていく。

「い……っちゃ……う……」

「まだ触れているだけだぞ」

「で、も……おかし……く……、っンッ！」

「本当に敏感だな。そこが、可愛くもあるが」

　愛おしげな声とは裏腹に、秘部をこする指の動きは一層激しさを増す。

　太い指が蜜をかきわけ花弁の奥へと進むと、襞がそれをとらえようとはしたなく震えた。

「好きに乱れろ。あとで綺麗にしてやるから」

　膣内をかき混ぜられるだけで腰が疼いて熱いのに、そのうえ太い親指がハイネの敏感な花芯をこすりあげるので、体はますます火照ってしまう。

「あっ……あぁァッ…!!」

激しい快楽に背がしなり、ハイネは悲鳴にも似た嬌声を上げた。

ぴんと伸びたつま先が痙攣し、湯を跳ねさせながら快楽の波に揺れていると、やがて、くちゅりという淫らな音を立てて、カイルの指がハイネの中から出て行った。

達したことによる疲労感でぐったりしているハイネの髪を、カイルは愛おしげに何度も撫でる。

その穏やかな手つきに、終わったのかとハイネはほっと息をついた。

だがそれも束の間、ハイネの体はカイルに抱きかかえられたままゆっくりと湯の中に沈んでいく。

「もう少し、見ていたい」

湯の中で、カイルの腕がハイネの肌の上を彷徨い、彼女のうちに残る快楽をゆっくりと探し始める。

「カイル様…もう……」

「終わりで、満足できるのか?」

カイルの指が胸の頂をこすると、ハイネの思いとは裏腹に湯船に沈んだ腰がびくりと跳ねた。

達したばかりでもう動かないと思っていたのに、ハイネの体はカイルの腕の中で再び戦慄き始める。

「終わりで、いいのか?」

くり返される意地悪な質問と共に、カイルの大きな手のひらがゆっくりハイネの胸を揉みしだく。

与えられる快感のせいか、それとも湯の熱さのせいか、ハイネの思考はとろけ、更なる熱を求めるようにその身を預けた。

終わらせたいのに、カイルも、そしてハイネの体もそれを許してくれそうにない。

「続きをしよう」

「……ふぁ……んっ!」

新しく与えられる快感に体と湯を跳ねさせながら、ハイネはカイルの腕の中で心と体を溶かし始めた。

＊　＊　＊

げんなり。

そう称するのがぴったりな顔で、カイルは今親友であるオーウェンに見つめられている。

ハイネとの情交を終え、書斎で仕事をしていたカイルのもとにオーウェンがやってきたのはその夜のこと。

彼の来訪をカイルは快く迎えたのに、部屋に入るなり彼は眉をひそめたのだ。

「イオルがうんざりしていたのはこれが理由か？」

「うんざり？」

「お前、本気でやばいって自覚あるか？」

「いや、何のことかさっぱりわからない」

書斎の椅子に腰掛けていたカイルは、親友の苦言に首をかしげる。

「ん……」

そのとき、腕の中ですやすやと寝息を立てていたハイネが僅かに身をよじる。

その愛らしさに笑みをこぼすと、遠くからオーウェンの呻り声が聞こえた気がした。

「とりあえず声を小さくしてくれ、ハイネが起きる」

昨晩に続いて風呂場でも乱れたせいか、書斎に入った途端、彼女はカイルに縋り付いたまま眠ってしまったのだ。

本当は寝室に連れて行きたかったが、一人にしておくと昼間の二の舞になりそうだったので仕事の間も腕の中で眠らせていたところ、そこにオーウェンが事件の報告をしにやってきたのである。

「むしろ起こしてくれ、事情聴取をしたい」

「だめだ。それに、彼女から聞いた情報はこちらにまとめてある」

書類を抜き出しオーウェンに差し出せば、「これだから無駄に仕事ができる奴は」と呻き、彼は乱暴にそれを受け取る。

「……おい、記憶喪失ってどういうことだ」

「文字通り、彼女は何も憶えていない」

「犯人の顔もか？」

「ああ。だから代わりに、俺の記憶を頼りに描いてみた」

そう言って今度は別の紙を差し出すと、オーウェンは更にげんなりした顔をする。

「お前、仕事はできるが絵心はさっぱりだな」

「かなり似ていると思うが」

「これで似てたら相手は化け物だぞ」

どの方向から見ても人の顔には見えない似顔絵をくしゃくしゃと丸め、オーウェンはそれをぽいと捨てる。

自信作をくずかごに放られカイルは少々傷ついたが、文句を言うより早くオーウェンが身を乗り出してきた。

「ともかくだ、俺が彼女をお前に託したのは変態行為をさせるためじゃねえ」

「別に卑しいことはしていない。ただくっついているだけだ」

「お前が放さないだけじゃないのか？」

「このほうがハイネも安心する」

「それはさすがに嘘だろう」

「こんなことで嘘はつかん。なんならイオルに聞いてみろ」

イオルがカイルを庇うことは絶対にないとわかっているからか、彼の名前が出たことでオーウェンはひとまず納得したらしい。

「記憶はないが、体は憶えていると言うことか……」

「ああ。だからこうして、俺に縋り付いて可愛く寝ているのだろう」

「ハイネちゃんも不憫だな、助けに来たのがこいつだったばっかりに」

「むしろ俺でよかっただろう」

自信満々に言って、カイルはハイネの頭をそっと撫でた。

よほど疲れているのか、彼女は身じろぎ一つすることなく寝息を立てている。

それが演技ではなく、すっかり寝入っていることを確認してから、カイルは笑みを消しオーウェンと向き合った。

「それで、奴の手がかりは見つかったか？」

「奴の血痕を追ったところ、街の外に出たところまではわかった。あの怪我だしそのままのたれ死んでくれていればいいが……」

「死んだとは思えない」

「同感だ。だから騎士たちに周辺の街道と森を捜索させているが、今のところ手がかりゼロだ」

オーウェンの言葉が冴えないのは、カサドの特殊な立地のせいだろう。

カサドは自然の美しい山間にあり、保養地としての設備を充実させるため、街の周辺の開発を行っている。だがそれは主要都市を繋ぐ街道の整備が主たるもので、森林の多くは手つかずのままだ。

その中に逃げ込んでしまえば、捜索するにはかなりの人の手が必要となる。しかしカサドに駐在している騎士の数はさほど多くはない。

オーウェンが団長を務める騎士団は、別名辺境騎士団と呼ばれ、元々はカサドの街ではなくこの先にある国境を警護する役目を担うものだ。

本部はカサドにあるが、ここから更に南下した場所にある関所と国境の警備が主たる仕事で、騎士の大半はそちらでの警護にあたっている。

そこに駐在している数だって、戦争時と比べれば十分の一以下で、余分な人員などいない。むしろ祭りの開催にあたって、街の警護は普段よりは人が多いくらいなので、これで足りないとなると、ここより北にあるアルフォード領の騎士団から応援を呼ぶしか手がなかった。

「一応王都には手紙を出した」

「応援を寄こしてくれそうか？」

「たぶんないだろうな。陛下と総帥《そうすい》宛ての手紙には、殺人鬼のヤバさをみっちり書いてやったが、なにぶんここには俺とお前がいる」

「俺たち二人で山狩りは無理だぞ」

「ここまで騎士を遠征させる経費を考えたら、俺たちに山狩りさせるほうを取るだろうな。戦後の処理で財政はさほど良いとは言えんし、今はどこも人手不足だろうから」

「となると、相手が出てくるのを待つしかないか」

「もしくは、野生の熊があいつの死体を咥《くわ》えてひょっこり出てくるのを期待しよう」

冗談めかして言うあたり、オーウェンもその可能性が低いことはわかっているのだろう。

「普通なら失血死していてもおかしくないが、あいつは熊に殺されるような相手には見えなかった。たぶんまた、傷が癒えた頃に現れるだろう」

暗がりで聞いた狂った笑い声や、自分にぶつけてきた言葉を思い出し、カイルはそう確信する。

あの男は狂気にとりつかれており、それを刺激する何かをハイネとカイルに感じ取っていたようだった。

「奴は必ずまた現れる。それに理性がない分、どんな手段をとるかもわからん」

獣のように笑いながら、簡単に逃げおおせた男を思い出し、カイルは唇をきつく噛む。

「絶対に、守らねば」

もう一度決意を言葉にすると、オーウェンはやれやれと頭を振る。

「お前をそこまで本気にさせるとは。心底その子に惚《ほ》れ込んでるみたいだな」

何を今更という顔で、カイルはオーウェンを見つめる。

「ああ。いずれ結婚もするつもりだ」

「いきなり話が飛躍《ひやく》し過ぎだろう」

「いきなりではない、ずっと前からそうしたいと思っていた」

ただ、もっと時間をかけるつもりではあった。

自分は恋に疎いし、目に見える傷はだいぶ癒えたが心のほうにはまだ癒えていない傷もある。

それらをしっかり癒やし、新しい職を得て一人前の紳士になったところで、正式に告白《プロポーズ》をするつもりだったのだ。

「色々早まってしまったが、俺なりに誠意を持って接しているつもりだ」

言い切る声音と表情から、カイルの固い決意をオーウェンは感じ取ったのだろう。

それ以上の詮索《せんさく》をやめ、代わりに少し不安げな表情で腕を組む。

「ならなおさら、適切な距離を保てよ。今はお前にべったりかもしれんが、彼女の心の傷が癒えれば自ずと離れたくなるはずだ」

「離れられなくなるよう、それまでに惚れさせる」

「簡単に言うが、やり方はちゃんと考えろよ」

心得ているとカイルは頷き、ハイネをぎゅっと抱きしめる。

「ちなみに言うが、体を使ったあれやこれやはなしだぞ」

「……」

「おい、お前まさか」

「問題ない」

「いや、今の間は絶対問題がある！　絶対ある！」

何をしたんだと食ってかかるオーウェンに、カイルは慌てて声を抑えるように言った。

さすがにこの会話はハイネには聞かせられない。

「それは、追い追い話そう。それで、さっきお前が言っていた、惚れさせるやり方とは？」

「心得てるんじゃなかったのか？」

「念のため聞いておこうかと思っただけだ」

念のためだと繰り返すカイルに、オーウェンは呆れた目を向けた。

「何よりもまず、彼女を喜ばせろ。肉体的な意味でもそうだが、彼女の心を喜ばせてやれ」

「なかなか難しいことを言うな」

「贈り物をあげるとか、甘い言葉で褒めるとかそんな程度からでいい。あとちゃんと、ハイネちゃんの好みを調べろよ？」

「大丈夫だ。すべて書き留めてある」

「……お前、ほんと病気だな」

「いや、近頃は健康体だ」

「……まあいい。ちょっと気持ち悪いが、活用しろ」

オーウェンの言葉に、カイルはハイネをこっそりつけ回していたときのことを思い出す。

彼女が可愛らしいドレスや小物を眺めているのを、カイルはこれまで何度も見てきた。

店に入って手に取ったりはしないが、それらを見つめる視線はどこかうっとりしていて、カイルはそんな彼女を見るたびに物陰から飛び出し、すぐさまそれを買ってやりたい衝動に駆られたものだ。

「わかった。色々と取り寄せよう」

「あとはそうだな、彼女自身の口からも欲しいものを聞き出すんだ」

「それは少し難しいかもしれん。ハイネはすぐ遠慮してしまう」

「だとしても聞くことは忘れるな。そしてもし彼女から何か要望があれば、絶対に叶えろ」

絶対にだと繰り返すオーウェンに、カイルはしっかりと頷く。

「もちろんだ。彼女の望みは叶える」

「それから、さっきも言ったが甘い言葉で彼女を褒めることも忘れるなよ。女の子は、褒められるのが大好きだからな」

経験上間違いないと豪語するオーウェンに、カイルは少し感心する。

「参考にしよう。女を取っ替え引っ替えして遊んでいるお前の言葉なら信じられる」

「それ、褒めてないだろう。それに最近は、一人の女性に一途だぞ！」

「褒めている。俺には真似のできない芸当だから、いつも尊敬していた」

心からの言葉を口にしてもう一度褒めると、オーウェンはまんざらでもない顔になり鼻をならす。

「凶悪だの狂犬だの言われてるが、お前だって俺に負けず劣らず素材は良いんだ。甘い言葉で攻めればハイネちゃんもいちころだ」

その言葉はにわかには信じられなかったが、自信を持てと笑うオーウェンに、カイルはためらいながらも頷いた。

第六章

「ありがとうございます。でもお気持ちだけで」

目の前に置かれた宝石を押し戻し、笑顔でそう辞退した途端、見慣れた顔がいつもの三倍は険しくなった。

ハイネだってそんな顔をさせてしまうのは不本意だが、そうでもしないと部屋が贈り物で埋まってしまうのだから仕方がない。

屋敷に来た翌日から急に始まった贈り物は、一日一個どころか三個や五個の日もある有り様で、ハイネは二日目の時点ですでにげんなりしていた。

断るのは悪いからと最初のうちは受け取っていたが、あまりの量を前にして途中から受け取るのをやめた。

もちろんカイルはいい顔をしないが、ハイネの戸惑いを察したイオルから『不要なものは旦那様に突き返してください。それも彼の社会勉強ですから』と背中を押されてからは遠慮なくそうしている。

　それにしても……とカイルの不機嫌な顔と宝石を交互に見ながら、彼はいつの間にこれを用意しているのだろうかと不思議に思う。

　昼間はほとんどずっと一緒にいるし、その間誰かに何かを頼んでいる様子はない。

　となれば夜になるが、この一週間カイルはかなり遅い時間までハイネの体を貪っている。

　もしもその後に手配しているとしたら、カイルはいったいいつ寝ているのだろうかと不安になる。

（そういえば、目の下のクマ、少し濃くなってきたかも……）

　彫りの深さと厳しい表情で隠れがちだが、カイルの顔にはいつもクマがある。

　それはハイネがこの屋敷に来てから更に濃くなっている気もして、彼女の心配は募るばかりだ。

「どんなものなら、受け取ってくれるんだ？」

　しかし当の本人はそんな心配にも気づかず、視線で射殺さんばかりにハイネを見つめている。

　けどおそらく、今カイルは猛烈《もうれつ》に動揺し、凹《へこ》んでいるのがハイネにはわかった。

　この一週間でそれくらい彼の心の機微《きび》はわかるようになったが、イオルにも甘やかすなと再三言われているので、ハイネは心を鬼にした。

「毎日申し上げていますが、欲しいものはありません」

「ドレスは？」

「もう足りています」

「宝石は嫌いなのか？　首飾りは？」

「肩が凝るのでいりません」

「なら菓子は？」

「カイル様と一緒に食べる分だけで十分です。太ってしまいますし」

途端にしゅんと体を小さくし、カイルはうなだれる。

まるでしかられた犬のようだと苦笑してから、自分が望むのはこうして彼の側にいられることだけなのにと改めて思う。

（他にあるとしたら、私のほうからも何かさせて欲しいってくらいだけど……）

この屋敷に来て以来、カイルはとにかく優しいし、事あるごとにハイネを甘やかしてくれる。

ハイネにとっては誰よりも必要な存在になっているけれど、カイルからハイネを必要だと言ってくれたことはない。

毎晩の激しい営みから思うに身体の触れ合いは楽しんでくれているとは思うが、それ以外のことをまったく求めてこないのだ。

ハイネは他にも特別なことをカイルにしたいけれど、彼が何を求めているか皆目見当もつかない。

「本当に、欲しいものはないのか？」

「逆に、カイル様は私にして欲しいことはありませんか？」

「……ないな」

そして質問したとしても、返ってくるのはこの短い言葉ばかりである。

以前よりも口数は増し、ハイネにもたくさん話しかけてくれるようになったが、これでは、彼の真意はわかりようがない。

不意打ちで甘い言葉が飛び出すこともあるけれど、本気なのか戯《たわむ》れなのかもわからないのが常で、喜んでいいのか冷静にお礼を言えばいいのか戸惑ってしまうのだ。

その態度は贈り物をしてくれるときも変わらず、淡々とした口調でその説明や使用方法を告げながら差し出されるため、自分を喜ばせようとしてくれているのか、単にハイネに必要だと思って贈ってくれているのかもわからない。

わざわざ取り寄せてくれたのはわかるし、カイルの親切心を純粋にありがたく思うけれど、ハイネの胸のうちにはカイルへの特別な感情もあるから、素直に喜ぶことは余計に難しい。

(贈り物をもらうと、やはり色々と期待したくなるし……)

カイルのこれらの行動に何かしらの下心があって欲しいと願ってしまうから、ハイネは自制のためにも本当に必要な物以外は受け取らないようにと心に決めている。

もちろんカイルは、そんな状況を面白く思っていないようだが。

「ハイネ」

不意に名を呼ばれ、ハイネは驚いて瞬きを繰り返す。

「本当に、何もないのか?」

いつもならこのあたりで引き下がるカイルだが、今日はどことなく焦った様子で質問を重ねてきた。

何が彼をかき立てているかはわからないけれど、本当に欲しいものがないのでハイネは苦笑することしかできない。

だがカイルはそれでもなおハイネから目を逸らさず、顔に穴が空きそうなほどじっと見つめてくる。

その眼光の鋭さは、新人兵士が卒倒しそうなものだったが、カイルを好いているハイネには別の意味で刺激が強い。

「……それなら」

あまりにも瞳を逸らさないカイルに負けて、ハイネは目を伏せ少し考える。

「欲しいものがあるのか？」

「少しだけ、お散歩がしたいです」

とりあえず最初に思いついた願いを口にすると、カイルはその言葉を待っていたとばかりに立ち上がる。

「中庭なら問題ない、行こう」

「でも、今は雨が」

「雨は嫌いか？」

本気で首をかしげるカイルにハイネはこの人に常識は通じないのだということを思い出す。

だが雨の中を歩くのはハイネも嫌いではない。ドレスを汚してしまうのは心苦しいけれど、まだ袖を通していないドレスは山のようにあるから、そちらに着替えるのもいいかもしれない。

ハイネはにっこり笑ってカイルの問いかけに首を横に振った。

「さあ、イオルが居ない間に行こう」

あれがついてくると面倒だと言うカイルに苦笑しながら、ハイネはその手を握りしめた。

＊　＊　＊

（ああ、しまった……）

ハイネが望みを言ってくれたことに浮かれすぎていたとカイルが気づいたのは、中庭に出てすぐのことだった。

「こちらはまだ、戦争のときのままなんですか？」

そう言ってハイネが指さす先にあったのは、かつて騎士たちが訓練用に使っていた器具類である。

戦前は美しい庭園が広がっていたが、戦時中は多くの騎士たちの鍛錬場として使われ、人を模した丸太人形や射撃の的はもちろん脚力を鍛えるための障害物などがまだあちらこちらに残っているのだ。

それらを見ながらの散歩は何の情緒もなく、またほとんどの器具はかなりくたびれているのでまるで廃墟でも歩いているような気分になる。

甘い雰囲気の欠片もない場所に連れてきてしまったとカイルは思うが、時すでに遅し。庭の一角にある円形の屋根を持つ東屋にたどり着いた頃には、カイルはすっかり意気消沈していた。

（贈り物だけでなく、散歩のコースすら俺はまともに選べないのか……）

石のベンチにハイネと腰をかけながら、カイルはどう挽回しようかと頭を悩ませる。

気の利いた言葉は何一つ浮かんでこないし、ちらりとハイネの様子を窺えば、雨に濡れて色香を増したその美しさに、呼吸すら忘れそうになる始末だ。

「寒くはないか？」

何とかそれだけ尋ねると、ハイネは笑顔で頷く。

「室内は暑いくらいでしたから、丁度いいです」

「ずっと屋敷の中だったから、少しでも気分転換になればいいのだが……」

恐る恐る尋ねると、ハイネがふと足元を見て、何かを拾い上げた。

それは日頃カイルが使っている鍛錬用の木剣で、重しがついているためかなり重量がある。

それをよろけながら拾い上げるハイネを見て、カイルはめんどくさがって放置していた過去の自分を殴りたくなった。

「もしかして、毎日ここで剣の練習を？」

「軽い素振りだけだが」

甘さのないやり取りにがっかりしながら、カイルはハイネから木剣を受け取る。

すると意外にも、ハイネの目が少し輝いた気がした。

「あの、見せていただくことはできますか？」

突然の言葉に、カイルは最初ハイネの意図するところがわからなかった。

「カイル様が剣を握ったところを、あまり拝見したことがなかったので、その……」

「見たいのか？」

「はい。酒場でお話を聞いていた頃から、いつか拝見したいとずっと思っていたんです」

ずっととはいつからだと聞きたくなったが、下手に質問攻めにして怖がられても嫌だと思い、ここはぐっと我慢する。

「では少し、離れるぞ」

「はい。カイル様のお姿が見えれば大丈夫ですので」

ベンチから立ち上がり、ハイネに当たらないところまで少し下がる。

それからカイルは軽く体をほぐし、右手に持った剣を軽くふった。

「まぁ！」

ただそれだけなのに、ハイネの口からは感嘆の声が零れ、カイルは無性に嬉しくなる。

ドレスや宝石ではどちらかというと表情を曇らせていたハイネが、こんなにもわかりやすく喜んでくれるのが嬉しくて、カイルは剣を打ち下ろし、薙ぎ払い、時には体術を交えながら体を動かした。

この一週間はハイネと共にいたため鍛錬をサボっていたが、動かしてみると体の調子は悪くない。

雨で張り付いたシャツの下、筋肉は思うまましなやかに動き、木剣を軽々と操ることができた。

「すごいです！　あんなに重い剣を軽々と」

「この木剣は軽いほうだぞ」

「でもあれだけふって息をまったく切らさないなんて」

「少し前は、さすがにきつかったがな」

言葉にしながら、自分でもよくここまでの体を取り戻せたものだと少し感心する。

（それもこれも、彼女のおかげなのだろうな……）

カイルがもう一度体を鍛えようと思ったのは、ハイネに水をかけられ叱咤されたからだ。

彼女の期待に応えたいと思えたからこそ、必死に傷を治し体を鍛え直すことができた。

「お元気になられて、本当によかった」

そんなカイルの姿を少し眩しそうに見つめながら、ハイネが優しい声で零す。

「お前のおかげだ」

「私は何も」

「毎日料理をつくってくれただろう。それに何より、水もかけてくれた」

「あれは、その……」

恥ずかしそうに体を小さくするハイネの前に、カイルは剣を手に膝をつく。

「あれはすっきりした」

またかけて欲しいくらいだと笑うと、ハイネは照れくさそうに目を伏せる。

「さすがに、バケツの水はもうかけられません。かける理由もないし」

「それは残念だ」

冗談と本気を混ぜた声で告げて、カイルはハイネを見上げる。

そのまま自然と顔が近づき、カイルはハイネの唇をそっと奪っていた。

行為のとき以外でキスを交わすのは初めてで、いつもとは違いそれは触れるだけで終わった。

だが他のどのときよりも甘く、もう一度したいと強く思ってしまう。

けれど二度目のキスは、突然の稲光によって遮られる。

それに驚いてハイネとの距離を僅かに離したところで、カイルは自身の背後に迫る人影に気づいた。

いつの間に近づかれたのかと驚きながら、手にしていた木剣を後ろに払うと、稲光に照らされたなじみの顔が、それを軽い身のこなしで避けた。

「ああ、イオルか」

「イオルか……じゃありません。お嬢様をこんな雨の中に連れ出して、あなた何を考えてるんですか」

「いや、たまには散歩もいいと思って」

「散歩は、晴れた日にするものです！」

風邪でも引いたらどうするんですかとしかられて、カイルは慌ててハイネに向き直る。すると確かに、彼女の小麦色の頬には僅かな朱色が差している。

「すまない、すぐ戻ろう」

「大丈夫です」

「いや、戻ろう」

木剣をイオルに預け、カイルはハイネを軽々と抱き上げた。

「本当に大丈夫なのに……」

どこか名残惜しそうな言い方が可愛くて、カイルは苦笑する。

「素振りなら、また見せてやる」

望むなら他の鍛錬も見せようかと言えば、ハイネは愛らしい笑顔で頷いて、カイルの首に腕を回した。

＊　＊　＊

遠ざかりつつある雷鳴を聞きながら、ハイネは隣で本を読むカイルの横顔をちらりと窺う。

雨の中の散歩をイオルに怒られてから、ハイネたちは図書室で夕食までの時間を過ごすことになった。けれどその穏やかな雰囲気とは裏腹にハイネの心はざわついていた。

いつもなら彼の隣で本を読んだり刺繍をしたりする時間はハイネにとって心休まるひとときだったが、今日は何だか妙に体が緊張してしまい、どうしても隣が気になってしまう。

（さっきの、何だったんだろう……）

ただ触れるだけの、戯れのような口づけが、ハイネの頭からずっと離れない。

もっと淫らでいやらしいことを何度もしているのに、あのキスのあとほど胸が苦しくなったことはなかった。

だがそもそも、彼はなぜ自分にあんなキスをしたのだろう。

体を動かしたことで昂って、そういう気分になったのだろうか。けれどそれにしては、妙に雰囲気が健全だったと考えて、ハイネは余計に悩む。

（ただしたいだけ……だったのかな）

それはそれでたちが悪いと考えながらチラリと窺うが、カイルのほうは先ほどの行為を気にしている気配はない。

房事に繋がらないキスに彼が自分を好きになってくれたのではないかと少しだけ期待したくなったけれど、この分だと彼に他意はないのだろう。

あったとしても彼は常識でははかれない人だし、きっとハイネの理解を超えた衝動に突き動かされたに違いないと、淡い期待には急いで蓋をする。

けれど、じわじわと漏れ出てくる気持ちは消しようがなく、一人悶々としながらつま先を見つめていると、不意にカイルの手から本が滑り落ちた。

そのまま大きな体がハイネのほうへと僅かに傾き、カイルの吐息が耳にかかる。

驚いて横を見ると、ひどく苦しげな顔で彼は目を閉じていた。

うたた寝にしては険しい表情だが、ハイネの視線にまったく気づいていないということは、やはり寝ているらしい。

心地よさとは無縁の様子で目を閉じるカイルはひどく辛そうで、ハイネは少しでも体勢が楽になるようにそっと彼の体を自分のほうへと引きよせる。

そのまま頭をそっと撫でると、ようやく眉間の皺がほぐれ、普段はあまり見ることのできない安らかな表情が現れた。

（寝ているカイル様って、こんな顔なんだ……）

激しすぎる行為のせいで、夜はハイネのほうが先に気を失うように寝入ってしまうのが常で、朝も必ず彼はハイネより先に目を覚ましている。

それゆえに彼が寝ているところを見るのはこれが初めてで、ハイネは新鮮な感動に思わず微笑んだ。

けれど突然、カイルの瞳がぱっと開く。

それから彼は驚いたように二、三度瞬きし、動揺を顔に貼り付けたままハイネを見つめた。

「すまない、つい……」

「かまいませんよ。むしろ、寝顔が拝見できて嬉しかったです」

思わず考えが口に出ると、カイルは更に驚いた顔をする。

「恐ろしくは、なかったか？」

変わったことを質問するなと不思議に思いながらも、ハイネは首を横に振る。

「穏やかで、驚いたくらいですけど」

「俺がか？」

「確かにカイル様は険しいお顔つきですが、さすがに寝ているときは普通でしたよ」

むしろ子供のようで可愛かったとハイネは思うが、それを言ったらまた眉間の皺が増えてしまいそうだったので黙っておく。

「よろしければ、もう少しお休みになっては？」

二人がかけているソファは大きいので、大柄なカイルでも楽に横になれるだろう。

ソファの下には柔らかいラグもあるので、ハイネがそこに座り、カイルにソファで寝てもらえば丁度いい気がした。

そうすれば手を握ったままでも眠れるしと腰を上げかけたとき、突然カイルはハイネを抱えるとソファの端へと追いやった。

「……少し、試してみる」

ぽつりと呟くなり、カイルはハイネの膝の上に頭をのせ、ごろりと横になる。

この体勢を予想していなかったハイネは硬直するが、カイルはそのまま目を閉じた。

「もしものことだが、俺がうなされたり暴れたりしたら、本で顔面を殴打《おうだ》しろ」

「そっ、そんなことできません！」

「これは命令だ。思いきり叩いて、体をソファから蹴落《けお》としてくれ」

なぜそんなことをしなければならないのかと質問したかったが、すぐさま聞こえてきたカイルの寝息に遮られる。

あまりの寝付きのよさに唖然としつつ、ハイネはそっとカイルの顔を窺う。

確かに、彼はうなされる一歩手前の険しい顔をしていたが、だからといって本で叩くことなどできるはずがない。

代わりに本を置き、ハイネはカイルの頭にそっと手をのせた。

そのまま優しく頭を撫でていると、先ほどと同様に彼の顔から険しさが消えていった。

(本で叩くより、こっちのほうがよっぽどいいと思うのだけど……)

頭を撫でながら、ハイネはカイルの寝顔を見つめる。

短い金糸の髪に指をくゆらせていると、気持ちがいいのかカイルは手に擦り寄ってくる。

(あっ……)

身じろいだために、彼の眼帯の紐が緩んだのはそのときだった。

結び目がはらりとほどけ、彼の目を覆っていた部分がとれると、その下から現れたのはあまりにひどい傷で、ハイネは一瞬息をのむ。

大きな眼帯でも隠しきれない傷痕だったので、深いものだとは想像していた。けれど頭の中で想い描いたものよりそれはずっと大きく、いびつだった。

だがそれに対する驚きよりも、ハイネが胸に抱いたのは切なさだった。

(こんなに大きな傷、何があったんだろう……)

戦時中に見た彼はまだ眼帯をしていなかったから、やはり半年前のあの大きな怪我のときについたものなのだろう。

彼の負った傷の深さに目を留めるのと同時に、いつも何不自由ないように振る舞っているカイルを尊敬する。

きっと欠けた視界に慣れるまでには並々ならぬ努力が必要だったはずだ。

こうして膝の上に頭をのせる彼は子供のようだけれど、目の傷と彼のこれまでの血の滲《にじ》むような努力を思うと、やはり彼は特別な騎士なのだと改めて思いしらされる。

(そんな人の頭を撫でるのが、私でいいのかしら)

輝く金糸の髪に埋もれるハイネの指は美しいと言えない。

水仕事のせいで指先は荒れているし、何よりも彼女の肌の色は明るい彼と比べるとひどく暗く、光と陰のように相容れない。

そんな手で触れてもいいのだろうかと、ハイネは思わずカイルの頭を撫でる手を止めてしまう。

「……ん」

すると途端に、あれほど穏やかだったカイルの眉間に皺が寄り、苦悶に満ちたうめき声が口から零れる。

その苦しげな表情に慌てて手を動かすと、また穏やかなものに戻った。

それどころか心地よさそうに頬ずりまでしてくるその様はどこか可愛らしく、彼が自分を求めてくれる喜びまで感じてしまう。

（カイル様を癒やせるのが、私だけだったらいいのに……）

そして、彼の頭を撫でるのが自分だけだったらいいのにと思ってから、ハイネはドレスや宝石よりもずっと欲しいものが、すぐ側にあることに気づく。

（恋人なんておこがましいことは言わないけれど、私、彼に信頼される人になりたい……）

こちらが頼るだけでなく、頼ってもらえるような。

今までは諦めてきたけれど、こうして彼の側にいる間くらいは望んでもいいだろうかと、ハイネはそっと考える。

(でもそのためにはまず、自分が彼にふさわしくならなくちゃいけないわよね……)

今、自分が彼にできることは何だろうかと考えていると、ふと目に留まったのは彼の眼の傷だった。

彼はそれを醜《みにく》いからと隠していたけれど、ハイネにとってそれは彼の努力の証であり勲章に思えた。

そしてそれを見ていると心が奮い立ち、同時にあることを思いつく。

(よし、カイル様が起きたら早速提案してみよう)

ハイネはそれを名案だと思ったが、彼女はまだ知らなかった。

目を輝かせながら固めた決意が、カイルを無駄に苦悩させてしまうことを……。

＊　＊　＊

揺るぎない決意の眼差しを向けられて、カイルはただ一人戸惑っていた。

「……今、なんと言った？」

久しぶりに熟睡したせいで、ただでさえ頭が回らないのに、今し方聞かされた言葉があ

まりに衝撃的すぎたせいだ。

「ここに来てもう一週間が経ちますし、そろそろ一人で過ごせるようになりたいんです」

前向きな表情と明るい声に、ついうっかり「もちろんだ」と言いかけて、カイルは慌てて言葉を呑み込んだ。

「私がくっついていると、お仕事や訓練にも支障が出るでしょう？　だからもう少しだけ、一人でいられる時間を増やしていきたいんです」

「しかし一週間ではまだ……」

「でも何もしないままでは、カイル様に縋り続けることになってしまいます」

ハイネの説明は理に適っていたけれど、それでもカイルは尋ねずにはいられない。

「俺に縋るのは、嫌なのか？」

尋ねた声は、不安を隠しきれていなかった。

けれど質問への答えは、良い意味でカイルの予想を裏切るものだった。

「……嫌でないから困っているんです。このままだと、ずっと甘え続けてしまいそうだから」

嫌でないという一言に、カイルはひとまずほっとした。

他の者たちと違い、彼女が自分の容姿をさほど恐ろしく思っていないことはわかっていたけれど、こうして言葉にされるとやはり嬉しい。

「嫌では、ないのか」

「もちろんです。カイル様のお側は安心できますし」

「でも、離れたいんだろう？」

「むしろその逆です。お側にいるために、ちゃんとしたくて」

間髪を容れず切り返された言葉に、カイルはいつも以上に眉間に皺を重ね、顔の筋肉を引き締める。

一見すると激怒した表情に見えるが感情はその逆で、顔に力を入れたのは油断するとだらしなく頬が緩みきってしまうからだ。

もうしばらく世話になるということは、カイルの側で過ごすことをハイネが嫌がっていないということだ。

自分のような男と共に過ごし、改めて嫌われたらどうしようと思っていたカイルにとって、今の言葉は何よりも嬉しい。

「カイル様は立派な方です。騎士の鑑《かがみ》で、素敵な紳士で……、そんなあなたに少しでもふさわしくなりたいから、一人で立てるようになりたいのです」

重ねられる言葉は照れくさい上に、告げるハイネの必死な表情が愛らしすぎて、カイルは柄にもなく息を乱しそうになる。

もちろん情けないので口に手を当て吐息とうめき声をこぼさぬよう必死に我慢したが。

「ずっと考えていたんです。ここに置いていただくなら、せめてカイル様のお邪魔にならないようにちゃんとしたいって」

言葉の端々から感じる真剣な想いに、カイルはわかったと頷く。乱れる呼吸を、必死に抑えながら。

「そこまで言うなら、少しずつ慣れていこう。だが無理はするなよ」

「はい。たぶんその、いきなり長時間離れたりはできないと思うので」

「ならば、心を落ち着ける呼吸法や恐怖を和らげる方法をいくつか教えよう。騎士が学ぶものなので、お前に合うかどうかはわからないが」

少しでもハイネがよくなるならと提案すれば、目の前の少女は眩しいほどの笑みを浮かべる。

「是非お願いします！」

「では明日から早速始めよう。あとイオルにも協力を……」

言い終わらぬうちに、まるで話を聞いていたかのように扉が叩かれた。

振り返る間もなく入ってきた気配は案の定イオルのもので、察しがよすぎる家令にカイルは逆に頭が痛くなる。

「承《うけたまわ》りました」

「いつから聞いていた」

「たまたま廊下を通りかかったら聞こえただけです」

笑顔は嘘くさかったが、指摘してもごまかされるのはわかっているのでカイルはあえて黙る。

そんなとき、イオルが不意にカイルに近づき突然笑みを深くする。

それに言いしれぬ不安を感じた次の瞬間、カイルの前にあるものが差し出された。

「いい機会ですので、新しいものと取り替えてください」

そう言って差し出されたのは真新しい眼帯で、カイルは慌てて左目に触れた。

いつもなら革の手触りが返ってくるのに、手のひらに触れたのは醜い傷痕がつくる凹凸《おうとつ》で、カイルは今更のように眼帯がとれていることに気づく。

「まあ、いっそ屋敷の中ではそのままでもいいと私は思いますけど」

にこやかに言い放つイオルの手から眼帯を奪いながら、カイルは、はっとハイネを見た。

するとハイネは驚いたようにびくりと肩を震わせ、それからどこか困ったような笑みを浮かべた。

その表情に、カイルは愕然《がくぜん》とした。

左目の傷は、カイルでさえ顔を背けたくなるほど深く醜いものだ。

それを見たハイネが何も思わないわけがない。

「気味の悪いものを見せて、悪かった」

「気味が悪いなんてそんな！」

ハイネは慌てた様子で声を張り上げたけれど、カイルの耳にその必死さは届かなかった。

顔を背け、眼帯を素早く身につける。

そうしているとふと先ほどの要望も、本当はカイルが怖くなり、離れたいと思ったからかもしれないと思えてくる。そうでなければこの傷を見てなお、側にいたいと思うはずがないという後ろ向きな考えにとりつかれ、カイルの顔からみるみる生気が失われていった。

だが一度交わした約束を今更反故《ほご》にするような大人げないことも言えず、カイルは無理やり自分を納得させた。

「どちらにしろ、約束は守る」

ひとまずそう告げるのが、今のカイルには精一杯だった。

第七章

「何だ、今日はハイネちゃんだっこしてないのか？」

「オーウェン様、旦那様に今それは禁句です」

　屋敷の書斎に引きこもり、虚ろな目で虚空を見つめていたカイルの耳に、ふとそんな会話が聞こえてくる。

　なじみの声と遠慮のない物言いに何かしらつっこみたかったが、無気力に支配された頭ではうまい言葉が出てこず、結局彼はほんの少し顔を上げただけだった。

「もしかして、ハイネちゃんに嫌われたのか？」

「そう、思い込んでいらっしゃるご様子です。そんなことはないと申し上げているのですが、目の傷を見られたとかグダグダ言っておりまして」

「まあ、女の子は普通びっくりするからなぁあれ」

「そもそもの顔が怖いですからね。……ただまあ、お嬢様はどちらかと言えばオーウェン様と感性が近いように見えたのですが」

「確かにあの子、カイルに物怖《ものお》じしないよな。あの睨み顔にニコニコ応対してるの見て、俺感動したよ」

イオルの発言に笑うオーウェン。

彼らの会話のほとんどは頭に入ってこなかったが、馬鹿にされているのは何となくわかる。

しかしここでも言葉を紡《つむ》げずにいると、オーウェンがカイルの肩を無遠慮に叩いた。

「巣立ちは早かったな」

「……まだ、訓練中だ」

何とか一言だけ絞り出し、それからカイルはハイネが一人で過ごしている上の階の気配を探る。

こっそり見張らせている使用人から何の連絡もないので大丈夫だとは思うが、ハイネが一人になってから三十分ほどが経過している。

前向きな気持ちが功を奏したのか、ハイネの訓練は今のところ順調だ。

無理をさせないよう長時間一人にはさせないが、カイルが側にいなくても以前のように悲鳴を上げたりはしない。

むしろ順調すぎることに、カイルのほうが参っているくらいだ。

「まあ、そう気を落とすな。ある意味では、お前にいい情報が入った」

意味がわからず眉をひそめるカイルの前に、オーウェンがいくつかの書類を差し出す。

ちらりと窺い見たそれはハイネが遭遇した殺人事件の調査の進展が書かれているらしい。

「犯人が見つかったのか？」

「いや、この一週間姿が見えない。だがどうやら奴は王都でも似たような事件を起こしていたらしく、そっちの手配書と報告書が届いたんだ」

渡された書類に目を通すと、そこにあったのは一人の騎士に関する情報だった。

騎士団での経歴をまとめたらしいそれを読み、カイルは思わずうなる。

「どこかで見た顔だと思ったが、キース＝ホーンか」

カイルが口にした名前は、国の西方にある国境騎士団で名を馳せた一人の男のものだ。

カイルのように先の戦争で名をあげた騎士は何人かおり、カイルやオーウェンと同様キースもイルヴェーザではそこそこ名の知れた騎士だ。

キースは有名な騎士の血を継ぐ一族の生まれで、その身体能力の高さから騎士団に入団してすぐに頭角を現し、戦争では多くの武勲をあげた人物だ。

傭兵あがりのカイルたちとは違い、由緒正しい家の生まれである彼は、礼儀正しい人徳者だと聞いていたから、闇夜に見たあの犯人と彼がすぐには結びつかなかった。

「ずいぶん前に騎士団を去ったと聞いていたが、それがなぜ……」

「報告書によれば、彼は先の戦争で心に傷を負い、その後遺症にずいぶん苦しめられていたようだ」

オーウェンの説明を聞きつつ読み進めると、確かにキースは戦争で多くの仲間と部下を失ったと書かれている。

ならば心を病むのも無理はない。戦争で負った心の傷が癒えず、騎士団を去った者が数えきれないほどいることをカイルは知っている。

イルヴェーザのような穏やかな国で育ち、他国からの急な侵略によって戦場に赴くことになった若い騎士にとって三年前までの戦争は相当過酷な状況だったのだろう。

それを見越し、カイルのような傭兵を騎士団にスカウトすることで戦力を強化したイルヴェーザは、何とか侵略の危機を乗り越えた。けれど地域によってはかなりの血が流れ、多くの騎士が命を散らせた。

その中を生き残れたとしても、過酷な体験が今なお多くの者に悪夢を見せ、中には現実と悪夢の境目がわからなくなり、自ら命を絶った者もいるとカイルは聞いていた。

孤児として貧困の中で育ち、友人や仲間の死が当たり前だったカイルでさえ、戦争や事故で部下を失ったときは自分を見失うほど荒れた。

そしてキースもまた、その一人に違いない。

「故郷に帰り、結婚してからは少し落ち着いていたらしいが、数か月前に不運にもその奥方が暴漢に殺されてな」

「そして、おかしくなった……」

「ああ。その直後に姿をくらまし、彼に似た人物が人を殺しているという報告がイルヴェーザ各地で相次いでいるそうだ」

だから今、他の地方の騎士団からも報告書を取り寄せていると、オーウェンはそこで一度話をくくる。

「最後の心の支えを失い、自分が保てなくなったのかもしれないな」

ぽつりとこぼしながら、カイルは上の階のハイネへと意識を向ける。

もしも今彼女を失えば、自分もキースのように壊れてしまうのではないかとふと思う。

怪我をしてカサドに戻ってきてから、ハイネはカイルのすべてだった。

それをある日突然失ったとしたら、心の闇に捕らわれてもおかしくはない。むしろ今、彼女に嫌われたかもしれないと考えるだけで胸が抉られる自分は、かなり危険な状態だといえる。

とはいえ、今のオーウェンの報告はカイルにとってある種の救いだ。

犯人が英雄であるとしたら、彼女を守りきれるのは自分くらいのものだし、ハイネが外に出たいと、自分から離れたいと言い出しても、キースが捕まるまでは多少無理にでも側に置くことはできる。

　殺人犯の有能さを軟禁の理由にするのは騎士らしからぬ卑しい考えだが、それに縋らなければならないほどカイルにはハイネが必要だった。

「犯人が出てこない以上はまだ様子見だが、キースであることがわかればさすがに他の騎士団からも応援が来るだろう」

「どちらにしても、まだしばらくは俺がハイネを守れるんだな」

　あからさまにほっとしたカイルに、オーウェンが返したのは苦笑だった。

「何をしでかしたか知らんが、気持ちは楽になったか？」

　長い付き合いであるがゆえに、オーウェンはカイルの考えを見抜いているのだろう。

　それでも、カイルを責める様子はなく、まあがんばれと肩まで叩かれる。

「ってことで、もうしばらくハイネちゃんの騎士役、頼んだぞ」

　任せろと言う代わりに報告書をオーウェンに返し、一息つく。

　するとあれほどまで沈んでいた気持ちが浮上し、今度はまた別のことが気になってくる。

　もちろん、ハイネの様子である。

(今日はいつもよりも長いこと一人にしているが、大丈夫だろうか……)

　使用人からは相も変わらず何の連絡もないが、それでもカイルの心配は尽きない。

　指定の時間までは見に来ないで欲しいと言われているけれど、ハイネの身に何かあるかもしれないと思ったら最後、カイルは動かずにはいられないのだ。

急にそわそわし出したカイルにイオルとオーウェンが怪訝な眼差しを向けるのを感じながら、彼はそろりそろりと出口のほうに移動する。

「少し急用を思い出した。まだ時間があるなら、ゆっくりしていってくれ」

イオルにオーウェンの相手をするように頼み、カイルは素早く部屋をあとにする。

「ハイネちゃんのところだな」

「お嬢様のところですね」

重なった呆れ声は聞かなかったふりをして、カイルは急いで廊下を進む。

それから彼は使用人用の裏戸から外へ出ると、屋敷の裏庭へと回り込んだ。

本当ならばハイネの部屋の扉を叩けばいいのだが、来ないで欲しいと言われているし、嫌われたと思い込んでいるカイルにはその勇気がなかった。

それでも、あの部屋で震えているのではと思うと、今すぐにでも彼女を抱き寄せたい気持ちがある。けれど今あの部屋に戻れば、恐怖と戦おうとする彼女の努力を無駄にしてしまうことにもなる。

震えているなら抱いて安心させたい。だがもし彼女が努力を続けているなら、それを壊したくもない。

矛盾した二つの気持ちに苛まれ、結局カイルが選んだ案は自分が一番得意とすること。

つまり、隠れて様子を窺うことである。

裏庭から屋敷をぐるりと回り込み、彼がやってきたのはハイネの部屋のすぐ下だった。

安全のため、彼女の部屋は三階。

周りに木もなく、壁にもあまり突起がない場所で侵入されにくいからこそ選んだ部屋であったが、そのことを、カイルは今猛烈に後悔していた。

ハイネに気づかれぬよう彼女の様子を窺うには窓から覗くより他に手はなく、そしてそれには壁をのぼらねばならないからだ。

（まったく、俺はいったい何をやっているんだ）

自分の策に自分で溺れてどうすると苛立ちながらも、カイルは壁に手をかける。

それから彼は僅かなへこみや突起に手をかけ、ゆっくりと壁をのぼり出した。

まだ若い頃、いざというときのために壁ののぼり方は一通り訓練した。もちろんそれは女性の姿を覗き見るためではないが、今は非常事態だからと自分を納得させ、彼は自宅の壁を一人のぼっていく。

鍛え抜かれた筋力にものを言わせ、彼は数分もしないうちに、三階の窓まではい上がった。

だが大変なのはここからだ、窓の出っ張りに手をかけ、彼は腕の力だけで体を支えつつ中を覗かねばならない。それも、物音一つ立てずにだ。

ここでもまた鍛えあげた筋肉を駆使して、カイルは自分の体を持ち上げる。

窓枠が軋んだときはひやりとしたが、何とか落ちることなくカイルは中を覗くことに成功する。

そして彼は窓越しにハイネを見つけ、僅かに落胆した。

(すごく楽しそうだな……)

予想とは裏腹に、ハイネはソファに腰掛け、落ち着いた様子で繕《つくろ》いものをしているようだった。

その横顔は穏やかで、ほっとする一方やはり寂しい。

彼女がそこにいることへの安心感と、近づけないもどかしさ。

その感覚には憶えがあるなと記憶をたぐり寄せ、ふと思い起こされたのはハイネに近づくことができず、こっそりつけ回していた日々のことだった。

(俺はいつも、隠れてばかりいるな)

商店街でハイネに逃げられたあの日から、カイルは彼女に声をかける勇気を一度失った。

けれど彼女が心配でたまらなくて、何より少しでも長い時間見ていたくて、彼女が出かけるたびこっそり跡をつけながら抱いていた感情と、今の気持ちはよく似ている。

巨躯と凶悪な顔のせいで尾行は容易ではなかったが、騎士団時代につちかった、気配を殺す術や闇に紛れる技術を総動員し、カイルは彼女を陰ながらずっと守ってきた。

本人は平気だと涼しい顔をしているが、やはり彼女の容姿は卑しい男を惹き付けてしまう。そんな男たちを陰ながら退けていた日々を思い出し、カイルはあの頃から何も成長していない自分に気づく。

それに言いしれぬ情けなさを覚えていると、突然足下に気配を感じた。

はっとして下を向くと、焦りと呆れを織り交ぜた複雑な表情で、イオルがカイルを見上げていた。

「こ、これは違う！」

「何をしているかは聞きませんので、今すぐ降りてきてください」

てっきり怒られるかと思ったカイルは、肩すかしを食らった気分だった。

するとイオルは厳しい表情をつくり、声を張り上げた。

「とにかくすぐ降りてきてください！　まずい事態です」

＊　＊　＊

外がなにやら騒がしい気がして、ハイネは裁縫セットを箱にしまった。

(何か、あったのかしら……)

窓を覗いてみようかと、ハイネはかけていたソファから腰を浮かせる。

けれど結局その場から動くことができなかった。

「ハイネ、入るぞ！」

後ろからカイルの声が響き、乱暴なノックと同時に扉が開かれる。

どこか厳しい表情をした彼に不安を抱く一方で、彼が部屋に入ってきた途端ハイネの体から力が抜けた。

刺繍で気を紛らわせ、イオルからこっそり借りたカイルの服を握って今まで耐えては来たけれど、やはり一人で過ごすことにハイネはまだ慣れていなかったらしい。

「どうか、なさったのですか？」

「少し、困った事態になった」

落ち着いて聞いてくれと念を押しながら、カイルはハイネの隣に座り、その手を優しく包む。

突然の触れあいにハイネは少し戸惑ったが、カイルがそうした理由はすぐにわかった。

「……実は、お前のお父上が怪我を負ったそうだ」

「父が……!?」

「お前を襲ったあの男が、酒場に現れたらしい。騎士たちが応戦したが、相手は想像以上に手強くお父上は怪我をしたと……」

「どれくらいひどいんですか？　まさか父は……！」

「俺が聞いた限りでは、命に別状はないそうだ。オーウェンも現場に向かっているし、俺も今から確認しに行く」

だから待っていろと言いかけたカイルに、ハイネは慌てて縋り付いた。

「私も連れて行ってください」

「しかし、男が捕まったかどうかが定かではない」

「でも父に何かあったのなら、私は……」

傷の程度がどれほどのものかはわからないが、カイルが慌てるくらいなのだからきっと状況は良くないのだろう。

たった一人、この場所で待っていることなどできそうもなかった。

「父のもとに連れて行ってください」

後生ですからとカイルの手をぎゅっと握れば、彼の瞳がためらいに揺れた。

「お願いです」

もう一度縋るようにカイルを見つめ、ハイネはその手をぎゅっと握る。

それにもカイルは答えてくれなかったが、代わりに後ろに控えていたイオルが、そっと二人に歩み寄った。

「旦那様、今はお時間がないのでは？」

「しかし、どうにも嫌な予感がする」

「気持ちはわかりますが、オーウェン様も馬車を寄こしてくれるそうです。御者は手練れでしょうし、万が一道中で何かあってもきりぬけられるかと」

イオルは笑顔で二人の前に立つ。

「何より、お嬢様にはあなた様がついているのでしょう？」

イオルの言葉に、頑なだったカイルの表情が、僅かにほどける。

「……わかった、一緒に行こう」

「あ、でも外での過度な密着はなりませんよ。旦那様のお顔で頬ずりなどなさったら、皆が驚きます」

「外でそんなことするか」

「それなら結構です」

頷くイオルに、ハイネはありがとうと礼を言う。

「お気になさらず。それよりほら、お早く」

イオルに急かされながら、ハイネたちは準備を整え部屋を出た。

(父さん、無事でいて……)

祈りながら廊下を歩き、一週間ぶりに外に出ると、屋敷の前には立派な馬車が停まっていた。

どうやらこれが、オーウェンが用意してくれた馬車らしい。

その豪華さに一瞬戸惑い、今更のように馬車に乗るのは初めてだと気づいたハイネだったが、乗り方を尋ねるより早く、カイルがハイネの腰に腕を回す。

そのまま抱き上げられるようにして乗り込むと、馬車はあっという間に走り出した。

「俺に身を預けろ。飛ばすように頼んだから、かなり揺れる」

カイルに言われるまでもなく、ハイネの腕は彼のたくましい腕にしっかりと巻き付いている。

またカイルのほうも、揺れなどものともしない様子でハイネの腰を抱いているので、今のところは快適だった。

そもそもオーウェンの馬車は外装だけでなく内装も豪華で、多少揺れたところで乗り心地が悪くなるようには見えない。

座席も背もたれもふかふかで、また少しでもくつろげるようにという配慮か、愛らしいクッションや人形まで置かれている。

状況が状況でなければ、素敵な装飾や外の風景を楽しめただろうにとハイネが考えていると、カイルがハイネのほうへと僅かに体を傾けた。

「平気か？」

短いが、気遣いの色に満ちた言葉にハイネは頷く。

「大丈夫です。それよりも、同行を許可してくださりありがとうございます」

気遣うカイルを不安にさせたくなくて、つとめて明るい声でハイネは告げる。

カイルもそれに気づいてくれているのか、ハイネの調子に合わせて笑顔をつくった。

（何だか、カイル様の笑顔を見るの久しぶりな気がする……）

眼帯の下の傷を見てしまったあの日から、カイルはいつも厳しい顔をしていた。

ハイネはそれを見ても恐ろしいとは思わなかったけれど、きっとあの傷をカイルは忌み嫌っていたのだ。

それに気づかず、カイルが寝ている間に無断で見てしまったことをハイネはずっと悔やんでいた。彼はあれ以降ハイネを確実に避けている。

夜の営みもなくなり、触れていても心ここにあらずのカイルに、ハイネはどうすればまた元のようになれるのだろうとずっと悩んでいたのだ。

（やっぱりもう一回謝ろう。それに今なら、あれを渡せそうだし……）

カイルの顔が穏やかなうちにと、ハイネは勇気を出して彼の手のひらをぎゅっと握りしめる。

「あの、この前はすみませんでした」

「この前？」

「傷を勝手に見たことです。気にされているのは知っていたのに、無断で見てしまって……」

ハイネの言葉に、カイルの表情がまた少し硬くなる。

けれどまた、彼から笑顔が完全に消えてしまう前にと、ハイネはあるものを手渡した。

「お詫びにはならないかもしれませんが……」

ハイネが差し出したのは、カイルのためにと繕っていた黒い眼帯だ。

一人になる訓練をしていたとき、寂しさと恐怖を紛らわせるためにつくっていたものでもある。

「カイル様はいつも革のものを使っていらっしゃるけど、あれは少し硬いでしょう？　だから室内ではこちらのほうがつけ心地がいいと思って」

「わざわざつくってくれたのか？」

「私がいるせいでお屋敷でも外せないのは、何だか忍びなくて」

受け取ってくれるだろうかと不安に思いながら、ハイネはそっとカイルを窺う。

最初はじっと見ているだけだったが、しばらくの後、彼は恐る恐ると言った手つきで眼帯を手に取る。

「無地だと味気なかったので、騎士の印を入れておきました」

派手になりすぎないよう生地と同じ色にしたこと、そして日頃の感謝の気持ちを一針一針入れたのだと告げると、カイルの目が僅かに輝いた気がした。

「私にとってカイル様は、これからもずっと特別な騎士なので」

謝罪と感謝の気持ちをカイルに届けたくて、ハイネは必死に言葉を紡ぐ。

すると、この数日間彼が纏っていた硬い空気が消え、ハイネを抱きしめるたくましい腕にいつもの優しさが戻ってきた気がした。

「大事にする」

「あ、それから今お借りしているお守りのほうも直しているんです。だからそちらも、帰ったら受け取っていただけますか？」

「もう、必要ないのか？」

なぜかそこで少し寂しそうにするカイルに、ハイネは違いますと苦笑する。

「カイル様の大切なものだからお返しするんです。それに実は……」

一度言葉を切り、ハイネはあるものを取り出す。

それはカイルに渡したものと同じ眼帯で、二個あるそれをカイルは不思議そうな顔で見つめていた。

「カイル様のものと同じ端切《はぎ》れと糸でつくったんです。おそろいのものなら、カイル様をすぐ思い出せると思って」

「つけるのか？」

「さすがにつけるとうまく動けないと思うので、こうやってぎゅっと握っておきます」

つくりたての眼帯を胸の前で強く握りしめると、その手をカイルの大きな手のひらが包んだ。

そのままじっと見つめられると、まるで世界が時を止めたかのように感じる。

だが、近づく距離に僅かに鼓動が速まったとき、ハイネは視界の隅に違和感を覚えた。

気がつくと、あれほど速く走っていた馬車の速度が落ちている。

カイルに見つめられたせいで時が止まったように思えたけれど、実際は馬車の速度が落ちたからかもしれないと考えた次の瞬間――。

「カイル様、前方に倒れている者が！」

御者の声に、カイルは馬車を止めろと指示を出す。

「いや待て、止めるな！」

その直後、カイルの声と御者の悲鳴が重なった。

急な出来事にハイネが身を硬くすると、突然カイルがハイネのほうへと身を乗り出し、彼女の肩に手を置いた。

そのまま強く座席に押し倒されて、ハイネは座席に強く背中を打ちつける。

ベッドの上でもこんなに乱暴に押し倒されたことはなかったので、ハイネは唐突な行動に息をのむ。

「カイル様？」

何かあったのかと尋ねかけたが、カイルの口から言葉は出てこなかった。

（あ、れ……）

代わりに、彼の口の端から零れたのは、赤い血だった。

自分の頬にたれる血に目を瞠り、それからハイネは、後れて気づく……。

（これは……何……？）

自分を押し倒したカイルの胸の上のあたりから、銀色に光るものが突き出ていたのだ。

それに手を触れようとした瞬間彼女は悟る。それが剣の切っ先であることに。

「カイル様！」

悲鳴にも似た声で叫ぶと、胸から出ていた切っ先がいきなり消えた。

同時にカイルの腕から力が抜け、巨躯がハイネの上にのし掛かってくる。

その重さに息を詰まらせながら、ハイネは体を捻り、状況を把握しようとカイルの肩口から顔を出した。

まず目に入ったのは、美しい装飾の施された天井に空いた穴だった。

何かが貫通《かんつう》したようなそれに目をこらした直後、ハイネは悲鳴を上げた。

穴の向こうに、血走った人の目が覗いたからだ。

「お前を、先に殺すはずだったのに」

冷え冷えとした声に続き、今度は別の場所から長い剣が飛び出してくる。

それはまたカイルの肩に突き刺さり、ハイネの耳元でくぐもったうめき声が響いた。

（このままでは、カイル様が……）

恐怖とカイルの重さで身動きはとれなかったけれど、このまま何もせずにいれば、あの目の持ち主に二人とも殺されてしまう。

とにかく上からの剣をどうにかせねばと思ったハイネは、再び剣が引き抜かれたタイミングでカイルを強く抱きしめた。

そのまま体を捻り、馬車の揺れの力を借りて、カイルごと床へと転がり込むと、それを追うようにして新しい刃が馬車へと突き立てられたが、今度は刃が届かず、辛くも三度目の串刺《くしざ》しに遭うことは免れた。

とはいえ立て続けに天井から突き刺してくる剣の動きは荒々しく執拗で、このまま見逃してくれる様子はない。

（上から降りてくる前に、逃げなきゃ……）

そう思って出口を探そうとしたハイネだったが、仰ぎ見た光景に絶句した。

窓の外の景色が、先ほどの倍以上の速さで動いており、馬車の揺れも先ほどとは比べものにならないくらい激しくなっている。

おそらく、上にいる誰かは、最初に馬を操る御者を手にかけたのだろう。

暴走して、ひどく揺れる馬車の中からは扉を開けることも困難で、そのあと更にカイルを抱えて馬車を降りることなど不可能に思えた。

「ハ……イネ……」

そんなとき、耳元でカイルが小さく呻く。

「腰を……」

「え？」

「俺の…腰の下の……杖を……」

カイルの言葉で、体の下の違和感にハイネは気づく。

それがカイルの杖であることに気づき、ハイネはそれを摑んで引きずり出した。

「そのまま、動くな……」

声に力が増すと同時に、カイルはハイネの持つ杖の先端を持ち、捻るようにそれを引く。

すると杖の中に隠されていた刃が、勢いよく解き放たれた。

その引き抜いた勢いで、カイルは今度は内側から刃を上へと突き立てる。

適当に突いたように見えたが、彼はしっかりと狙いを定めていたのだろう。

男の絶叫が馬車の上から響き、カイルが突き立てた刃を伝い赤い血の筋が流れ落ちた。

だがそこで満足することなく、カイルは絶叫が消えるより早く刃を引き戻し、身を起こした。

肩口と胸から零れる血の量にハイネは息をのんだが、彼はそれをものともせず、馬車の扉を蹴破る。

それから彼は、もう一度天井に剣を突き立てると、ハイネのドレスを摑んで引きずり起こした。

「手荒になる」

短い言葉のあと、宙に放られたような浮遊感と共に、周りの景色が形を崩すほど高速で回り出す。

背中に衝撃が走った直後、ハイネの意識は突然とぎれた。

＊　＊　＊

苦痛に顔を歪めながら、カイルは定まらぬ視界にゆっくりと瞬きを繰り返した。

そうして三度目に目を閉じたとき、何かが自分の胸を強く踏みしめるのに気づいた。

とっさに目を開けると、虚ろな目が、カイルをじっと見下ろしていた。

「もう、壊れたか？」

静かな問いかけのあと、生温い吐息がカイルの頬を撫で上げる。

触れあうほど近くで、死者のように青白い顔がカイルを覗き込み、先ほどと同じ問いかけを、何度も何度も繰り返した。

その声はひどく不快で、問いかけの回数が増すたび、頭の中がかき乱される。

やめろと言いたいが言葉は出ず、耳をふさごうにも体はまったく動かない。

そのまま更に問いかけられ続けていると、不意にカイルの足下で、何かが僅かに動いた。

「……なんだ、まだ生きていたのか」

突然問いかけが止まり、代わりに虚ろな目がゆっくり下へと向けられる。

そしてカイルは気がついた。虚ろな目が、今誰を見ているかを。

「やめろ‼」

出ないと思っていた声がほとばしり、カイルは自分を覗き込む男に向かって腕を突き出した。

腕は男をはねとばし、カイルは吼えながら飛び起きる。

「ハイネ！」

男から守るように、カイルは彼女を抱き寄せる。

意識はないが息があることにほっとしたのも束の間、カイルからハイネを奪おうとするかのように、白い剣がカイルの前に振り下ろされる。

「それを渡せ」

鋭い剣戟とは裏腹に、虚ろな声が短い言葉を何度も何度も繰り返す。

それはカイルの思考をかき乱したが、剣がもう一度振り下ろされる直前、男の間合いに飛び込み、腕を突き出しその体をはねとばした。

男との距離が開いたのを確認してから、カイルはハイネを抱き上げその場から離れようとする。

激痛のせいで這うような速度しか出なかったが、その僅かな距離が命運を分けた。

「カイル！」

なじみの声に顔を上げると、遠くから馬で駆けてきたのはオーウェンだった。

先に様子を見に行くと早馬で出かけた彼が、どうやら異変を察知し戻ってきてくれたらしい。

彼が馬上から弓を構えるのを見た瞬間、カイルはとっさに身を低くする。

直後、カイルの頭上を矢がかすめ、背後で低いうめき声が響いた。

振り向くと、矢は男の肩に命中していた。

その痛みで、ようやく男は動きを止めたらしい。

「大丈夫か！」

ひとまず危機からは脱したとわかり、そのまま倒れるようにしてくずおれたカイルに、オーウェンが駆け寄った。

不安げな彼の視線から、自分がひどい有り様であることに気がついたが、カイルはそれを気にかける暇はなかった。

「ハイネを……」

医者に診せて欲しいという声は出ず、うめき声だけが重なっていく。

けれどオーウェンはカイルの言いたいことに気づいたのか、手を取り頷いた。

「すぐに手配する」

力強い言葉に後を頼むと微笑み、カイルはハイネを抱いたまま、ゆっくりと目を閉じた。

第八章

気だるさに呻きながらハイネが目を開けると、ぼやけた視界の向こうから、誰かが自分を見下ろしていた。

「起きたか？」

尋ねてくる声に頷いて、彼女は気づく。

(カイル様の声じゃない……)

声の主を探そうと頭を動かしたところで、ハイネの体に激痛が走った。

「まだ動かしちゃだめだ。大きな怪我はないが、体中あちこち打ちつけてるんだから」

その諭すような声にもう一度目を開けて、そこでハイネは声の主に気づく。

「オーウェン様が、どうして……」

「カイルに頼まれたんだ。自分の代わりを頼むって」

その言葉に、ハイネは自分の身に起きた出来事を思い出す。

同時に、気を失う前に見たカイルの姿も。

「カイル様は、カイル様は無事なんですか!?」

カイルから滴る鮮血を思い出し、ハイネは縋るように尋ねる。

けれどオーウェンはそれに答えず、困ったように笑うばかりだ。

(もしかして、カイル様は……)

最悪の事態が頭をよぎり、ハイネは痛みも忘れて飛び起きる。

「落ち着けって、カイルは大丈夫だ。あとお父上のほうも無事だった。どうやら人違いだったらしい」

「人違い……?」

「襲われた男の肌がかなり日に焼けてたせいで、目撃した騎士が勘違いしたんだ」

砂漠の民とよく似ているから間違われたのだと説明され、ハイネはようやくほっとする。

となれば、心配なのはカイルのほうだ。

「でも、カイル様はひどい怪我を……」

「あいつのタフさは知ってるだろう?　馬車から飛び降りたくらいじゃ死なねぇよ、あいつは」

「刺されてもいました」

「それでも死なない」

「二カ所もですよ」

「あいつは昔、体中を十九カ所も刺されたあげく、燃える馬車と一緒に海に落ちたことがあるが、それでも生き残ったんだ。それと比べりゃあ、二カ所くらい平気だって」

比べるのはどうかと思うが、言い切るオーウェンの笑顔に嘘はなさそうだった。

「もう少ししたら会えるさ。……まあ、あいつは嫌がるかもしれないがな」

「嫌がる……？」

「生きてはいるがひどい怪我だし、ハイネちゃんを守るって言った手前、顔も合わせづらいみたいでな」

「私、ちゃんと守っていただきました！」

体は痛むが大怪我もなくこのとおり元気ですと訴えるが、オーウェン曰く「カイルはきっと満足できない」そうだ。

「あいつは、ハイネちゃんに怖い思いをさせることすら嫌なのさ」

「確かに怖かったですけど、無事なのに……」

「異常に過保護なんだよ。まあ、自分の部下を失った心の傷もまだ癒えていないだろうし、それもしかたない気はするけど……」

オーウェンの言葉に、ハイネは胸の上の守り袋に触れる。

「もしかして、これをつくったのも……」

「亡くなったカイルの部下たちだ。皆カイルの凶悪な顔にも動じない肝の据《す》わった奴らでな」

時には不器用なカイルをからかって遊んでいたと笑うオーウェンとも、どうやら親交があったらしい。

「カイルも、彼らのそんな遠慮のないところを気に入って、終戦後は彼らと共に国王の警護にあたっていたんだが、あるとき陛下の乗る馬車が襲われてな」

「確かお忍び旅行中の出来事だったんですよね？　新聞で読みました」

反国王派の一派が国王の乗った馬車を襲撃した大事件はハイネもよく知っていた。

その街道は日頃から警備も厳重で、不逞《ふてい》の輩《やから》が出るような場所ではなかったらしい。

そこに商人の馬車を装った犯人が現れ、護衛騎士の数が少なかった国王の馬車は瞬く間に取り囲まれてしまったのだ。

「陛下は無事だったが、警護にあたっていたカイルの部隊は全滅。あいつも、国王を助け出すため飛び乗った馬車ごと谷に落ちてあのざまだ」

「事件のことは知っていましたが、カイル様が護衛していたとは初耳です」

「陛下は奴に責任がないことは知っていたから、箝口令《かんこうれい》を布《し》いたんだ」

「カイル様は、そのときのことをずっと引きずって……」

「カイルは、隙をつかれたのは自分の落ち度だと思ってるんだろう。けど、実際、騎士の数を減らすよう頼んだのは陛下のほうだし、命がけでその場を切り抜けたカイルには事情を知る者たちの間で賞賛の声も多いんだけどな」

けれどきっと、カイルは自分を責め続けているのだろう。

一番弱っていたときの彼を知っているからこそ、ハイネはそう思う。

「だから今回も、必要以上に塞ぎ込んでいるんじゃないかと心配でさ」

オーウェンがそう言ってため息をこぼしたとき、不意に廊下のほうがばたばたと騒がしくなる。

ハイネが怪訝に思うと同時にオーウェンが扉を開けて部屋の外に飛び出すと、遠くからイオルの怒鳴り声が聞こえてきた。

「大柄な男を何人か連れてきてください！　こうなると抑えが利かない！」

切迫した様子がどうしても気になり、ハイネは痛みを堪えながらベッドを抜け出す。するとオーウェンが廊下の壁に叩きつけられているのが見えた。

彼が吹き飛ばされてきたのは客室からで、それに気づくと同時にハイネはその場から駆け出していた。

「ハイネちゃん、危ないから……」

呻きながらもハイネを止めるオーウェンを振り切って、そっと客室を覗き込むと、大きな寝台が軋みをあげ、低くくぐもったうなり声が響いた。

それに驚きながらも薄暗い部屋に目をこらすと、寝台の上でカイルが苦しげにもがいているのが見えた。

まるで悪魔にでもとりつかれたような形相で、彼は体を痙攣させながらベッドの上で身を捩らせている。

怪我の治療は済んだようだが、暴れるせいで体に巻かれた包帯には血が滲み、このまま放っておけば命の危険があるのは明白だった。

とにかく落ち着かせなければと、ハイネは引きよせられるようにカイルのもとへと向かう。

もし彼に腕を払われたら、ハイネの体はただではすまないだろう。

けれど今は恐怖よりもカイルを落ち着かせたい気持ちが勝り、そしてそれは自分の役目のような気がして、ハイネはカイルの傍らに立った。

「今近づいてはだめです！」

オーウェンの介抱をしていたイオルがハイネに気づき、慌てて声をかける。

けれどイオルがハイネを部屋の外に引きずり出すより早く、彼女はカイルの乱れた髪に指を滑り込ませていた。

「カイル様」

名を呼び、いつかしたのと同じように彼の頭を優しく撫でる。

するともがいていた手足から次第に力が抜けていき、乱れていた呼吸も落ち着いていく。

そのまま寝台の上に腰を下ろして更に優しく頭を撫で続けると、カイルの顔から険しさが消えた。

「……まるで猛獣使いだな」

ぽつりと零れた声に振り返ると、オーウェンが肩を押さえながらハイネに苦笑を向けている。

「私も驚きました。旦那様はああなると、屈強な騎士五人がかりでもすぐには押さえられないのに」

「頭を撫でられると、安心するみたいなんです。前もこれですぐ眠っていたようなので……」

「ここは、お嬢様にお任せしたほうがよさそうですね」

怪我を早く治すためにもカイルをおとなしくさせて欲しいとイオルに頼まれ、ハイネは頷いた。

体はくたくたで、まだ色々なところが痛むけれど、こうしてカイルの頭を撫でているのが自分にとっても一番いい気がしたのだ。

部屋の前で控えているから、何かあったらすぐ叫ぶようにと言い置いて二人が出て行き、部屋にカイルと二人だけで残されると、ハイネは彼の側にぱたりと横になった。

すると待ちわびていたように、カイルの腕がハイネの腰に回り、きつく抱き寄せてきた。

起きている様子はないので、たぶん無意識にハイネを求めてきたのだろう。

たくましい腕に捕らわれ頬を寄せられると、確かに大きな動物になつかれているような気分になる。

猛獣と言うよりは、やっぱり大きな犬のようだと考えながらカイルの温もりに身を寄せていると、ハイネもまた穏やかな気持ちになり、いつしか二人は吐息を重ね、深い眠りに落ちていた。

＊　＊　＊

(結局また、俺は生き残ったのか……)

傷の痛みに顔を歪めながら、カイルはゆっくりと目を覚ました。

あたりは暗く、失血と熱のせいで意識はもうろうとしていたが、ここが自分の屋敷の客室だということは何となくわかった。

そういえば夢うつつの中で医者にも診てもらったことを思い出し、包帯の巻かれた胸にそっと手を置く。

医者が、この怪我で刃が太い血管や臓器を傷つけなかったのは奇跡だと話していたのを、カイルはおぼろげな意識の中で聞いていた。

だが痛みはしばらく続くだろうと言った医者の見立て通り、体のあちこちが焼け付くように痛み、我慢できずにうめき声が漏れる。

シーツをきつく握りながら目を閉じていると、痛みは後頭部に這い上がり、視界がぐにゃりと歪んだ。

『もう、壊れたか？』

そのとき、不快な声が頭の奥底に響く。

幻聴だとわかっていたが、同じ言葉を何度も何度も繰り返されると気分が悪くなり、カイルの中の何かが崩れていくような気がした。

とても大事で、特別な何かが、だ。

だがそれが何であるか、カイルは見つけることができない。

早く見つけなければならない気はするのに、不快さの中でよぎる部下たちの死に様が、それを邪魔していくのだ。

『お前も同じだ、俺と同じようになる』

幻聴の内容が変わり、聞き覚えのない言葉の羅列が加わる。

あの不快な声で、繰り返し繰り返し頭をかき混ぜられると、吐き気が込みあげてくる。

不快さに負けて嘔吐《おうと》すれば楽だろうけれど、そうしてしまえば幻聴の言葉通り、自分の何かが壊れてしまう気がして、カイルはシーツに爪を立て、気分がマシになるのをひたすら待った。

「カイル様……」

額に、柔らかな温もりが触れたのはそのときだ。

途端に幻聴が消え、まるで初めからなかったかのように頭痛も引いていく。

「イ……オルか?」

先ほど出て行くように命じたイオルが戻ってきたのかと思い、カイルは僅かに目を開ける。

痛みをこらえる姿を見せたくないから追い出したのに、何で戻ってくるのかと恨めしく思っていると、この世界で一番愛らしい顔が自分を覗き込んでいた。

「うなされていましたが、大丈夫ですか?」

穏やかな声が耳をくすぐった途端、全身の痛みまでもが消えた気がした。

「どう……して……」

「お側にいたかったので」

汗の浮き出たカイルの額を冷たいタオルで拭いてくれているのは、ハイネだった。

美しい顔のあちこちに小さな傷が見えたが、彼女はいつもの明るい表情で自分を見下ろしていた。

「悪い夢を見ていましたか？」

切なそうに微笑み、ハイネは優しく頬をぬぐう。

「何か、欲しいものはありますか？」

穏やかな声音に、「何よりもまずハイネが欲しい」と思わず口に出しそうになったところで、急に痛みが体に戻ってきて我に返る。

今すぐにでも抱きしめたいが、今のカイルは体を動かすことすら困難なのだ。

そのうえ今カイルが寝かされているのは客室用の寝室で、ハイネの部屋と比べると警備が厳重なほうではない。

そんな場所にハイネを長く引き留めてはいけないと思い、カイルは彼女に触れたくて仕方がない指先を、拳の中にきつくしまい込む。

「そういえば…犯人…は？」

「捕まって牢屋に入れられたそうです。だからもう、安全です」

「しかし、何が…あるか…」

「屋敷は元騎士の方々でいっぱいですし、イオルさんも外で見張ってくれています」

「だが…俺は今、お前を…守れない…」

むしろ今何かあれば、足手まといになるのは明白で、カイルは彼女を部屋から追い出そうと体を起こす。

「とにかく、出て行ってくれ。脅威が去ったなら君は実家にも帰れる」

「嫌です。私、カイル様の側を離れません」

「看病ならイオルにさせる」

「でもこの怪我は、私のせいで……」

「責任を感じているなら、なおさら帰ってくれ」

自分はこんなに冷たい声を出せたのかと、一瞬驚くが、ふと思い直す。

(いやむしろ、本来の俺はこちらか……)

ハイネと共に過ごすうち、カイルは少し変わっていたらしい。

彼女を前にすると自然と言葉や仕草が柔らかくなっていたが、元々のカイルは穏やかさとは無縁の人間だ。

近寄りがたく、どちらかといえば冷たい人間で、若い女性を幸せにできるようなタイプではないのだ。

だからこそ、彼女を守ることを大義名分にしてハイネの側にいたけれど、今のカイルにはそれができない。

「私、離れたくありません」

ハイネの懇願を、いつものカイルなら喜んで受け入れただろう。

けれどカイルはそれを突っぱねた。

「必要ない」

「必要なくても、いさせてください」

「どうしてそこまでする。お前はもう、自由だ」

「だからこそ、ここにいたいんです」

声の力強さに、カイルは返す言葉が出てこない。

「好き……なんです。カイル様のことが」

さすがにこれは確実に幻聴だろうと、カイルは思った。

だがハイネは、すぐさまもう一度口を開く。

「好きなんです」

「……」

「ずっと前から好きで、大好きで……。そんな人が怪我をしているのに、一人で帰るなんて無理です」

「……」

「だからいさせてください。カイル様が嫌なら、怪我が治り次第すぐに出て行きます。でもそれまではここに、側にいさせてください！」

必死の懇願に、停止しかけていたカイルの頭がようやく動き出す。

それから彼は今し方かけられた言葉を脳内で十回ほど繰り返し、息を吐いた。

「わかった……」

「側にいても、かまいませんか？」

「いや……」

やはりだめですかと泣き出しそうなハイネを見て、カイルは自分でも思いも寄らない言葉を口にする。

「結婚しよう」

＊　＊　＊

（空耳、かしら……）

それとも都合のいい幻聴かしらと、ハイネは少し間抜けな顔でカイルを見つめる。

彼のもとを離れたくない一心で、思わず彼への想いを口にしてしまったが、恋を叶えるつもりで言ったわけではなかった。

自分の気持ちは本気で、怪我が治るまでは何があっても動かないという決意表明のための言葉だった。

なのに……。

「ドレスは、何色がいいだろうか？」

真顔で、そんなことを聞かれた。

もしかしたら、頭の打ちどころが悪かったのだろうか。けれど、凛々しい彼の表情から察するに本気で尋ねてきている気もする。そもそもカイルはいまだかつて冗談を口にしたことがない。

「君の指のサイズは？」

だがそれでも、ハイネは尋ねずにはいられなかった。

「本気、ですか？」

「嘘だったのか？」

「えっ？」

「好きだと言っただろう」

繰り返されると無性に恥ずかしかったけれど、か細い声で何とか「ハイ」と答える。

「それなら問題ない。結婚しよう」

今すぐにでもと言い出しそうな表情に、ハイネの頭は真っ白になる。

恋人にすらなれないと思っていたのに、いきなり飛び出したのは結婚話である。

彼に常識が欠落しているのは身に沁みていたけれど、やはりカイル＝グレンの考えは突飛すぎる。

「そんな簡単に決めてしまっていいんですか?」

「簡単ではない。前々から思っていた」

「前々から……ですか?」

　驚きのあまり声がうわずり、ハイネは頬を赤く染める。

「でもその、カイル様は爵位をお持ちですし、婚約者が他に……」

「いないからその点は問題ない。それに爵位があるとはいえ元は平民どころかこの国の人間でもないからな。誰と結婚しようが咎められることはないだろう」

　妙にはきはきと続く説明に、ハイネはひとまず納得する。

「だから、しよう」

　ハイと頷けばいいのか、やはり突然すぎると常識を説明したほうがいいのか迷っていると、突然腕を強く引かれた。

　そのまま倒れ込んだ体はカイルの腕に抱き留められ、ハイネは慌てる。

「お怪我に障《さわ》ります」

「大丈夫だ」

「でも、昼間あんなに出血したのに」

「だが、お前に触れたい」

だめですと言いたいのに、カイルの濡れた瞳に見つめられるとうまく言葉が出てこない。

それでも拒否せねばと口を開いてはみたけれど、言葉は唇ごとカイルに奪われる。

「頼む。お前に触れられないほうが今は辛い」

耳元で甘く囁かれ、ハイネの腰が砕ける。

カイルの体に触らぬようぎりぎりのところで寝台に膝をついたが、ハイネもまた彼が欲しいと体が疼き出す。

「ハイネ」

お願いだと繰り返す彼の声に、ハイネはゆっくりと息を吐くと纏っていたナイトドレスに手をかけた。

「傷に障りますので、カイル様は動かないでください」

「動かないと、お前に触れられない」

「私のほうから、近づきます」

恥じらいを捨て、ハイネはカイルの上にまたがると、ナイトドレスを脱ぎ捨てた。

そのまま下着に手をかけると、カイルが僅かに目を見開く。

「いつになく大胆だな」

「カイル様ほどじゃありません」

突然結婚しようと言い出すことに比べれば、こんなのは大胆でも何でもない気がして、恥ずかしい気持ちが少しだけ治まる。

「あまりうまくはできないかもしれませんが……」

「そんなことは関係ない」

伸ばされた手のひらに指を絡め、ハイネはカイルのガウンを払い、息をのんだ。

肌着の上からでもわかるほど彼の雄は猛り、ハイネの中へ挿《はい》ることを待ちわびている。

そしてハイネの蜜壷も、まだ触れてもいないのにカイルの猛りに反応し、じんわりと濡れ始めていた。

腰の奥が甘く疼くのを感じながら、ハイネは肌着をずらし、カイルの雄をゆっくりと取り出す。

そっと触れてみると、それは燃えるように熱く、脈打ちながら僅かに肥大した。

改めて見るカイルの男根はあまりにも大きく、ハイネは萎縮《いしゅく》してしまう。

「無理はしなくていい」

それに気づいたカイルは優しく告げてくるが、ハイネは大丈夫だと頷いた。

（もう何度もしたんだもの、自分からだってできるはず……）

カイルの腰の横に膝をつき、ハイネは熱い楔を秘裂へ合わせる。

前戯がないままでちゃんと挿《い》れられるか不安もあったが、入り口に熱が触れた途端、ハイネの蜜口はいやらしくぬめり、受け入れる準備を始めた。

身の内からわき上がる淫らな熱を感じ、ハイネは羞恥に頬を染める。

どうやらハイネが思う以上に、体は淫らな行為に慣れきっているらしい。

カイルの先端が入り口をこすりあげると、早く中で感じたくて、媚肉がひくひくと痙攣する。

「腰を下ろせるか？」

カイルの声に誘われ、ハイネはたくましい屹立の上に腰を沈めていく。

「んっあぁ……」

くちりと音がして、ハイネはカイルの先端をゆっくりと呑み込んだ。

最初の頃は鈍痛を伴ったそれも、今は甘い痺れをもたらすだけでまったく苦痛ではない。

「ゆっくりだ。そのまま深く沈めろ」

ハイネを支えようと伸ばされた腕に手を添え、腰を落としながら少しずつカイルを呑み込んでいく。

奥へ奥へと進入してくる肉茎はいつになく大きく感じたが、膣はそれを容易く呑み込み、それでもなお物足りないと言うようにカイルをきつく締め上げた。

「自分で挿れるのは、どうだ？」

「…いい…です」

「ゆっくりとでいい、動けるか？」

どうやればいいのかと戸惑っていると、カイルの左腕がハイネの腰に回る。

そのまま軽く上に腰を引き上げられた途端、膣の中がこすれ、悦楽の波が下腹部を襲った。

「……くぅ……ンっ」

「うまいぞ」

言葉に従い、ハイネは腰を下ろして再び奥へとカイルを誘う。

「あぁ、んぅ……」

先ほどより深くまで入って、カイルの先端で敏感な部分を擦られると、ハイネの体が弓なりになる。

今にも倒れそうな彼女を見て、カイルはその腕をとっさに摑んだ。

体を動かしたことで傷に響いたに違いないが、彼はそれをものともせず、ハイネの体を支える。

「つらく…ない…ですか?」

「いや、きもちいい」

「私…ちゃんと…できて……」

「ああ、すごくいい」

大丈夫だと褒められたことが嬉しくて、ハイネは思わず笑みをこぼす。

喜びと悦楽が溶け合う淫靡な表情で、カイルの上で腰をくねらせるハイネは、いつにない妖艶な色香を放っていた。

「あっ、あぅ、んんぅ」

絶えず零れる吐息には嬌声が混じり、歯を食いしばっても淫らな声が止まらない。

自分で動いて、自分で気持ちよくなっているなんてあまりにはしたないのに、それでもカイルを胎内に取り込もうとする腰の動きは止められなかった。

「物欲しそうな顔だ」

「わた……し……」

「淫らになったな」

カイルの甘い囁きに内側がきゅっと締まり、彼の熱を搾り取ろうと胎内が卑猥に脈打つ。

「そんなに、締め上げるな……」

ハイネの激しい求めにさすがのカイルも耐えきれなかったのか、彼の口からも熱い吐息が零れる。

自分の動きによってカイルの体が脈打つのを見て、ハイネはいつになく体の熱が高まっていくのを感じた。

自分の手によって彼が乱れる姿は、なぜだかひどくそそられるのだ。

「ぐっ……、これは、すごいな……」

腰を深く落とし、カイルを限界まで奥へ誘うと、彼の腰が大きく震えた。

あわせて口から吐息が零れ、たくましい手がシーツをきつく握りしめる。

「まずい……もう……達きそうだ……」

「でしたら……このまま……」

カイルの熱が欲しくて、ハイネは彼をきつく締め上げる。

いつもより触れあっている場所は少ないはずなのに、腰の痺れは全身に広がり、腹部や乳房にまで悦楽の波が到達する。

「達く……ぞ……」

どんと腰を突き上げられ、ハイネの奥で熱が爆ぜる。

もう何度となく感じた熱であるはずなのに、自らの腰を振りながら受け入れた快楽は想像以上で、ハイネもあっという間に達してしまった。

意志がとろけ、体から力が抜けてしまったが、彼に倒れ込むことだけは何とか回避する。

彼の顔の横に両手をついて体を支えていると、再びハイネの奥がじんわりと熱を持ち始めた。

それが自分の熱かカイルのものかはわからないが、一度の絶頂ではもう満足ができない体になっているのは明らかだった。

彼の体を思えば離れたほうがいいのに、ハイネの襞は彼を求めて締め上げる。

「本当に、淫らに咲いたな」

甘い声音が先ほどより近くから聞こえ、ハイネはゆっくりと顔を上げる。

すると彼は体を起こし、ハイネを強く抱き寄せるところだった。

「傷……が……」

「問題ない。自分の体のことは、俺が一番わかっている」

そこでふっと笑顔をつくり、カイルはハイネの耳を優しく噛んだ。

「今の俺に必要なのは、お前だ」

優しい囁きが零れるたび、カイルを咥えたままの膣が彼を求めて蠢いた。

「お前も、俺を必要としてくれているなら嬉しい」

今度はカイルが腰を動かし、ハイネの奥を侵略していく。

そうして再び新しい熱に翻弄されてようやく、ハイネは理解した。

(確かにもう、私は彼なしでは生きられない……)

唐突だと思った結婚だが、こうして体を重ねていると、一時の関係ではもはや満足できないだろうという気がしてくる。

カイルがもたらす快楽に染まってしまった体は、もう二度とこれまでの体に戻ることはない。

静められるのはきっとカイルだけで、もしそれがなくなれば、淫靡な熱は永遠に冷めず、いつかハイネは燃え尽きてしまう気がした。

「カイル…様……」

「カイルと呼べ」

「でも……」

「お前は俺の妻になるのだろう？」

なれるのだろうかという不安は、甘美な熱によって溶かされる。

「もう一度だ」

「……カイル」

更にもう一度と乞われ、ハイネは彼の名前を呼び続ける。

呼ぶたびに自分でいいのかという不安は感じたけれど、カイルがもたらす快楽はあまりに熱くて、ハイネの不安とためらいはあっという間に溶かされてしまった。

第九章

左手の薬指に輝く婚約指輪をぼんやり見つめながら、ハイネはこの日何度目かになるため息をついていた。

突然の「結婚」発言から二日、あれ以来カイルは一日のほとんどを眠って過ごしており、ハイネもまた同じベッドに横になり、傷を癒やしている。やはりあの夜の交わりはかなり無理をしていたのだろう。

とはいえハイネが側にいることで安心しているのか、ここ二日はハイネが頭を撫でていなくても暴れることはなく、ハイネのほうも彼から離れてもそれほど恐怖を感じなくなっていた。

たぶん、犯人が捕まったおかげで心の奥にあった不安が取り除かれたからだろう。

けれどどこうしてカイルの横で過ごしていると、今度は別の不安がやってくる。

(本当にこれ、もらっていいのかしら……)

いつの間に用意したのか、体を重ねた翌朝目覚めると、薬指には婚約指輪がはまっていたのだ。

『つけろ』

彼らしい端的な言葉以外、特に甘いやり取りもなく、その後も『式はいつがいいか』とか、『ドレスは何色がいいか』という事務的なことばかりだったので、どうも結婚への現実味がわかない。

カイルに常識がないのはこれまでさんざん見てきた。

そして、強面な顔とは裏腹に、とても優しい人であることも。

だからハイネの好意を知り、『責任を取らなければ』という思いだけが先走り、結婚を持ち出したのではとも思ってしまう。

でもカイルを前にすると、責任など関係なく自分を好きなのかと聞く勇気も持てず、ハイネは一人悶々と過ごしていた。

真顔で「そうでもない」とか言われたら絶対に立ち直れないし、そこで傷つく様を見せたら、カイルはきっと更に気遣ってくるだろう。

ハイネを好きになろうと努力し、空回りするカイルの姿が目に浮かぶようで、何とも言えない不安を抱く。

貴族の令嬢ならともかく、少なくとも自分はカイルにとって、苦労をしてまで結婚すべき相手でもない。

身分のある者同士の結婚は気持ちを後回しにすることもあるらしいが、ハイネにはカイルへの想いを除けば彼に与えられるものは何一つないのだ。

だからハイネを好きでないのなら、カイルがこの結婚で得るものは何一つない。

（やっぱり、断るべきかしら）

隣で眠るカイルをそっと見つめ、ハイネは今更ながらこの人から離れることができるのだろうかと考える。

たくましい腕に何度となく抱かれる中で彼が与えてくれた優しさと淫らな触れあいは、ハイネの心と体をつくり替えてしまった気がする。

（きっともう、彼と暮らす前の自分には戻れないだろうけど……。それでも、戻らなければならないのかも）

家に帰ったハイネはきっと、半身を失ったような喪失感に暮れるだろう。

でもカイルが義務で結婚を言い出したのだとしたら、愛のない結婚に彼を縛り付けておくことなどできない。

本人は自分を醜く粗野な男だと思っているようだが、彼は愛情深くて優しい人だ。

だからきっと、彼が心から愛せる人に出会えれば、幸せになれる。

「それが、私だったらよかったのに」

思わず零れた独り言に、ハイネは慌てて口をつぐむ。

「お嬢様、少しよろしいですか？」

そのとき、部屋の扉が控えめにノックされた。続いて届いたイオルの声に入室を促すと、部屋の扉が静かに開く。

いつも通りの礼儀正しい物腰で一礼して、イオルはカイルが寝ていることをちらりと確認する。

てっきり彼の様子を見に来たのかと思ったが、どうやら用があるのはハイネのようだ。

「実は今、お嬢様にお客様がおみえになっています」

「私に？　どなた？」

「それは会ってからのお楽しみにしましょう」

イオルの言葉には明るい響きがあり、どうやらハイネが喜ぶ相手がそこにいるようだ。

イオルはカイルを起こさぬよう声を潜めつつ、彼女を廊下の外へと連れ出す。

「でもカイル様は……」

「熟睡しておられるようですし、平気でしょう。それに今は彼と離れる時間が欲しいのではないですか？」

イオルはすべてお見通しのようで、ハイネは苦笑しながら彼に続く。

長く広い廊下を歩きながら、ハイネはふと彼に結婚のことを相談してみようかと考える。

冷静な彼ならば、いいアドバイスをくれるのではと思ったからだ。

けれどハイネが口を開きかけたとき、先手を打つようにイオルがしゃべり出す。

「ご相談事なら、私ではお力になれませんよ」

「まだ、何も……」

「見ていればわかります」

何も気づいていないのは旦那様くらいでしょうねと苦笑するイオルに、ハイネも乾いた笑いを返す。

「ですが私は旦那様の家令です。彼とこの家のためを思えば、是非ご結婚をとしか言えませんので」

「結婚のことも、もうご存じなんですね」

「旦那様があらかじめ用意していた指輪をあの部屋に運んだのは私ですので」

「意外です。むしろ、反対されるかと……」

「うちの旦那様は猛獣にして珍獣ですから、お嬢様のような心優しい猛獣使いでないと御しきれないかと」

「猛獣使いって……」

「先日のお嬢様の調教は素晴らしいものでした」

確かに、ベッドの上で苦しんでいたカイルは手負いの獣のようだった。

彼を落ち着かせたい一心で手をさしのべたけれど、端から見れば獣と戯れているように見えたのかもしれない。

「ああなると普段は手がつけられませんので、お嬢様がいてくださると大変助かります」

「もしかして、前にも同じことが？」

「あれほどひどいことはそうそうないですが、悪夢にうなされ苦しげにされていることは多々あります。そのつど寝具がボロボロになるので、いっそベッドに鎖《くさり》でもつけましょうと提案したこともありますね」

なんてこともないようにイオルは言うが、それが本当ならばハイネがこの屋敷に来てから次第に濃くなっていた彼のクマの意味もわかる。

カイルはきっと、眠っている間にハイネを傷つけてしまわないかと心配で寝ていなかったに違いない。

「全然知りませんでした」

「不思議と、お嬢様が側にいらっしゃると落ち着いていますからね」

「カイル様が少しでも安らかなお気持ちになっていらっしゃるなら嬉しいですが……」

「少しどころじゃありませんよ。わかりにくいかも知れませんが、旦那様はこの屋敷を構えてから今が一番、穏やかでいるように見えます」

ただし……と、いつの間にか到着していた応接間の前で立ち止まるとイオルは少し心配そうな顔でハイネを見下ろした。

「お嬢様のほうは、少しお疲れに見えます。理由はまあ、察しますが」

ハイネの薬指をちらりと見て、それから応接間の扉に手をかける。

「実を言えば、お客様は私とオーウェン様の提案でお呼びしたんです。旦那様と少し距離を置いて、自分の時間を持っていただいたほうがいいと思って」

意外な提案に驚くハイネの前で、イオルは応接間の扉が開いた。

するとそこで待っていたのは、親友の輝くような笑顔だった。

「ハイネ、久しぶり！」

そこにはいつになく華やかなドレスを纏ったルイーズがいた。

「ルイーズ!!」

ドレスを翻《ひるがえ》しながらハイネが応接間に駆け込むと、優しい抱擁がハイネを受け止めてくれる。

「ずいぶん綺麗になっちゃったじゃない」

「それは、ルイーズもだと思うけど」

普段はお互い質素な服ばかり着ていたのに、今日の二人は艶やかなドレス姿だ。

ルイーズのほうはレースが多く使われた可愛らしいデザインで、愛らしい彼女が着るとまるで完璧なお人形さんのように見える。

「オーウェン様に着せられたの。貴族のお屋敷に行くんだから、おめかししないとって」

「ルイーズ、彼とお知り合いだったの？」

「まあ、色々あってね……」

なぜか苦虫を噛みつぶしたような顔で、オーウェンを横目で睨んでいる。

憎しみと恨みさえ感じ取れる表情に、喧嘩でもしたのかと尋ねたかったが、それより早くルイーズがハイネの指に目をとめた。

「ねえ、さっきから気になってたけどそれって……」

「私、結婚することになったの」

嬉しい報告であるはずなのに、零れた声は自分でも驚くほど元気が無かった。

「でもそのわりには、お葬式みたいな顔をしてるわよ?」

ルイーズが指摘すると、雰囲気を察したイオルがお茶とお菓子を置き、オーウェンを連れてそっと部屋を出て行く。

二人きりになると、張りつめていた気持ちが急に緩み、ハイネは泣きそうな顔で今までの出来事をルイーズにぶちまけた。

さすがにカイルの名誉に傷がつくような内容については避けたが、ルイーズはハイネの気持ちを察してくれたらしい。

「カイル様の気持ちがわからないのに、私、喜んでいいのかどうかわからなくて……」

「ハイネは今もカイル様のことは好きなのよね？」

「ええ。だからこそ、このままでいいのかわからないの」

「まあ確かに、一方通行の想いってきついわよね」

「ルイーズも、経験あるの？」

「うんまあ。私はされてるほうだけど」

また遠い目をしてから、ルイーズはもう一度ハイネの薬指に目を留める。

「でも、まだ片思いかはわからないんでしょう？」

「一度も、好きとか愛してるとか、そういう言葉を言われたことないのよ？」

「だけどハイネの話を聞く限り、カイル様って相当トンチンカンな人っぽいし、言い忘れてるだけかも」

愛の告白を忘れたまま結婚などするだろうかと考えて、確かに非常識なカイルならそれもあり得る気がしてくる。

でもそのとき、何か言いしれぬ不安のようなものが、ハイネの心の奥でその可能性を否定した。

彼は自分を好きなはずがないという不思議な実感が、不快感を伴いながらじわりと広がり始める。

「でもやっぱり、それはない気がする」

「何か根拠でもあるの？」

「うん、ある気がするんだけど……」

彼との関係で過去にショックを受けたことがある気がしたが、不思議とそのことが思い出せないのだ。

けれど勘ではない、根拠となる出来事があった気がしていると、突然部屋の扉が乱暴に叩かれた。

カイルかと思って振り返ると、ルイーズの口から「げっ」という可愛げのない声が上がる。

「その反応はさすがに傷つくんだが？」

ふてくされた顔で現れたのはオーウェンで、彼が来るなりルイーズはハイネの背中に隠れてしまう。

（本当に、何があったのかしらこの二人……）

外面のいいルイーズが嫌悪感丸出しということは、それだけの理由があるに違いないがオーウェンはルイーズのような女性に失礼を働くようには見えない。

それを不思議に思っているうちに、彼は一つため息をついた後、ハイネのほうへと視線を移した。

「実はハイネちゃんの手を借りたいんだ。今、部下から連絡が入ったんだが、ちょっと困ったことになっていて……」

「ハイネの手を借りるほど困ったことって、いったい何なの？」

ハイネの代わりにルイーズが警戒心剝き出しで尋ねると、オーウェンは「信じて欲しい」と真面目な顔をつくる。

「実は犯人が、ハイネちゃんに会わせろと言って聞かないんだ」

予想外の言葉に驚いていると、ルイーズが目を吊り上げてオーウェンに詰め寄る。

「何でハイネが自分をひどい目に遭わせた奴にわざわざ会いに行かなきゃいけないわけ!?」

「俺だって会わせたくはないが、深い事情があるんだ」

そしてオーウェンは二人を落ち着かせるため、自身も応接間のソファに腰掛け、事のあらましを説明し始める。

「犯人は捕まえたが、実は一人、彼が誘拐したとみられる女性が見つかっていない。そして彼女のいる場所を教える見返りとして、犯人はハイネちゃんに会わせろと言っている」

「その女性は、まだ生きているんですか？」

「殺していないと言っているが、行方不明になって三日目だし、一刻も早く見つけたいんだが……」

オーウェンの苦々しげな表情から察するに、その女性の捜索はうまくいっていないのだろう。

そうでなければ、被害者である自分に彼はこのような協力を求めてこないだろうと考えて、ハイネは込みあげてくる不安をカイルから借りた守り袋を握りしめることでやり過ごす。

「私が行けば、女性の居場所がわかるんですよね？」

「相手はイカれた男だし、確証はない」

「でも今は、それしか方法がないんですね」

オーウェンは頷き、それから少し申し訳なさそうな顔をする。

「代役を立てようかとも考えたが、この街ではその肌と髪の色はなかなかいない。それに奴は、ハイネちゃんのような、砂漠の民の容姿に妙な執着があるらしくてな」

そのオーウェンの言葉に、ふと、ハイネの脳裏に見覚えのないはずの光景が浮かんだ。

それは自分と同じ肌の色をしている男性が、暗がりで倒れている情景だった。

「カイルに止められていたのでハイネちゃんには言わなかったが、犯人は元騎士で、これまでに何十人も殺してる。そのすべてが、砂漠の民の血を引く者なんだ」

「じゃあ、私が狙われたのも……」

「その肌の色に、犯人が執着したからだろう」

そこでまた、あるイメージが頭を過ぎる。

暗闇の中、意味のわからない言葉をぶつぶつと呟きながら、一人佇む男。

そして、ハイネの首を絞めながら微笑むその男の顔。

次第にその一つひとつが鮮明さを取り戻し、その途端、ハイネの心に大きな恐怖が津波のように押し寄せてきた。

「ハイネ?」

真っ青な顔で胸を押さえてうずくまるハイネを、ルイーズが慌てた様子で抱きしめた。

おかげで少しだけ楽になったが、失われていた記憶は瞬く間に溢れ出し、すぐさま恐怖がぶり返してくる。

「……お前、何をした」

そのとき、聞こえて来たのはカイルの低い声だった。

彼が来てくれたことにほっとして顔を上げるが、カイルは今ハイネではなくオーウェンを睨みつけていた。

「お前が彼女を泣かせたのか?」

質問と、右の拳が突き出されたのはほぼ同時だった。

思わず悲鳴を上げるハイネとルイーズの前で、不意打ちを食らったオーウェンが派手に転倒する。

しかしカイルは更に、倒れたオーウェンを引きずり起こし、彼の首を締め上げる。

「いやぁ――――！」

その姿が記憶の中の犯人と重なり、ハイネは悲鳴を上げた。

ハイネの声でようやく我に返ったのか、カイルが慌てた様子でオーウェンから手を放す。

苦しげに咳き込むオーウェンに駆け寄るルイーズとは逆に、カイルはハイネに腕を伸ばしたが、彼女はそれを無意識のうちにはねのけていた。

その動きで、忘れていた記憶の最後の一つを思い出す。

『時間は取らせない。ただお前に会いたいという男がいて、彼の話を少し聞くだけでいい』

『俺の友人だ。そいつに、お前を連れてきて欲しいと頼まれた』

少しずつ鮮やかになっていくその光景に、ハイネは力なくその場に崩れ落ちた。

（そうか……私もう、ずっと前に失恋していたんだ……）

胸に巣くい続けた不安の意味がようやくわかり、ハイネの心が冷えていく。

カイル様のもとから逃げ出した後に事件に遭ったから、きっと彼はそれを気にして、責任をとってくださろうとしていたのね……。

溢れ続ける記憶に頭は混乱していたけれど、それでもこのままここにいてはいけないのはわかり、ハイネはカイルの横を通りすぎると、倒れ込んだままのオーウェンの手を取った。

「私を、犯人のところまで連れて行ってください」

「おい、それはどういう意味だ！」

更に憤るカイルにオーウェンが説明しようと試みたが、それよりも早く、いつの間にか側に控えていたイオルが前へと進み出る。

「お話は聞こえていましたので、説明は私がしておきましょう。聞いたところでごねるでしょうから、オーウェン様たちはお先に」

「確かに、殴られるのはこりごりだな」

倒れた際に捻ったらしい首を摩りながら、オーウェンはイオルに後を頼むと言い残す。

もちろんカイルは納得いかない顔だったが、ハイネが彼に差し出した指輪が、彼をその場に縫いつけた。

「これ、お返しします。今まで、ありがとうございました」

ハイネがカイルに握らせたそれは、贈られたばかりの婚約指輪だった。

それを見たカイルは戸惑い、何かを懇願するような目でハイネを見つめる。

そこに一瞬自分への愛情を見た気がしたけれど、失っていた記憶の中で彼が告げた言葉が、ハイネの思考を惑わせる。

「今までごめんなさい」

他にもっと伝えたい言葉があったけれど、今のハイネにはその一言が精一杯だった。

＊　＊　＊

目の前に置かれたグラスに酒が注がれていくのを眺めながら、カイルは手の中の指輪の感触をぼんやりと確かめる。

愛おしい少女の姿はなく、側にいるのは相も変わらず無駄ににこやかな家令だけだった。

ハイネがオーウェンたちと屋敷を去った後、イオルからあらかたの事情は聞かされたが、カイルはまだ釈然《しゃくぜん》としていなかった。

それがわかりやすく顔に出ていたのか、いつもはあまり勧めない酒をイオルがカイルに差し出す。

「たまには、ゆっくりどうですか？」

「そんな気分じゃない」

「それなら、世間話でもします？」

胡散《うさん》くさい笑顔を向けられて、カイルは彼が自分から何を聞き出そうとしているかを察する。

のせられるのも悔しくてしばらく黙っていたが、酒を飲む気分にもなれず、結局重い口を開いた。

「俺の、何がいけなかったんだろうか」

「率直に言いましょうか？　それとも遠回しに？」

「率直でいい」

「それなら、全部ですね」

言葉から行動まで、すべてがだめですと言い切るイオルに、カイルはぐっと言葉を詰まらせる。

「いきなり『結婚しよう』だなんて、何考えてるんですかって感じですよ」

「それは……」

「その顔は、自覚があるんでしょう？」

更ににこやかさを増す顔に、カイルは何も言い返せない。

イオルが言うように、自分でも唐突すぎた自覚はある。けれどハイネから好きだと言われた瞬間、すべてのためらいがなくなり、一足飛びに求婚してしまったのだ。

ハイネを守りきれなかったことを悔い、一度は身を引こうとまで考えていたのに。自分の変わり身の早さには呆れるが、ハイネの告白でカイルの理性は完全に飛んでいた。

「もう少し、手順を踏むべきだったとは思う……」

手の中の指輪をぎゅっと握り、カイルは深くうなだれる。

「手順より何より、根本的な問題があると私は思いますけど？」

　まったく見当がつかず瞬きを繰り返すばかりのカイルに、イオルが一冊の日記帳を取り出してきた。

「それは何だ？」

「僭越《せんえつ》ながら私がしたためたこの半月間の、旦那様観察日記です」

「観察!?」

「ほら、旦那様が同じことをお嬢様にしてらしたでしょう？　あれを止めさせようと思って、旦那様がいかに気持ち悪いことをしていらっしゃるか認識していただこうとつけ始めたのですが……、いやはや存外面白いことがわかりました」

「ちなみに、観察とはどの程度だ？」

「かなり事細かに……というくらいで濁しておきましょう。世の中には知らないほうがいいこともあります」

　笑顔で言い切られ、カイルは詮索《せんさく》をやめる。

「そこで気づいたのです。旦那様はお嬢様にかける言葉が少なすぎます。そのうえよく使われる言葉を数えてみると『おい』『ああ』『わかった』『問題ない』などが上位に来る見事なまでの無愛想っぷりで、私は涙が出てきましたよ」

「そんなことまで数えていたのか」

「簡単に数えられるほどしかしゃべっていないということを自覚してくださいませ」

そんなにかと、指摘されて今更驚くが、確かにカイルはハイネに対してさほど声をかけていなかった気がする。

いつもの自分に比べたら三倍か四倍はしゃべっている気でいたが、二人で過ごす時間のほとんどは無言だったし、会話の糸口はほとんどハイネが見つけてくれていた。

「そのうえ、旦那様は肝心な言葉を何一つお伝えしていません」

「……それは？」

「『好きだ』『愛してる』などの言葉です」

カイルが答えにたどり着けないのを見越してか、イオルは早々に答えを明かす。

けれどその内容は、カイルにとって予想外のものだった。

「そんなはずはない。俺はずっとハイネのことを好きだと思っていたんだぞ」

「でもおっしゃっていません」

「でもおっしゃっていません」

「むしろ、彼女がここに来てからは愛おしすぎて胸がはち切れそうだった」

「彼女を抱きながら、幾度となく愛していると……」

「漏れ聞こえてくる言葉から察するに、たぶん房事の最中もおっしゃっていません」

「お前まさか、聞いてたのか⁉」

イオルを睨みつけるが、彼は笑顔でそれをかわす。

もちろんカイルとしては色々と追及したかったが、ひとまず今はぐっと堪えた。

「本当に、言っていないのか？」

「おっしゃっておりませんね」

何度も繰り返され、そしてカイルは愕然とする。

「一度も、言っていないのか……」

「はい、まったく」

ならば、指輪がこの場にあるのも不思議はないと、カイルは脱力する。

最後に見た彼女の悲痛な顔は、きっとカイルに自分への愛情がないと思ったがゆえだろう。

「好きであることがあまりに当然だったから、伝えていないことを完全に失念していた……」

「伝える気があったのなら、まあいいでしょう」

「確かに最初は気恥ずかしさもあったが、俺なりに彼女への好意は示しているつもりだった」

「執着はわかりやすく見えましたけどね。あなたさっき、オーウェン様を拳で殴ったんですよ？」

指摘され、カイルは今更のように赤く剝けた拳に目を留めた。

「それもろくに理由も聞かず、お嬢様を泣かせたと勘違いして殴ったんです。親友であるオーウェン様が相手でも冷静さを失くし、あなたはお嬢様の危機に対して過剰な反応を見せる」

それは人として異常なことですよ、と指摘され、心当たりのあるカイルは小さくうなる。

「ですが一方で、お嬢様さえいればあなたはいつも穏やかだ。最近は、悪夢も見なくなっていたんでしょう？」

「確かにハイネと眠ると、気分よく目が覚める」

「そのことすら、旦那様はお嬢様に伝えていません」

カイルはようやく自覚した。

好きになってもらうのだと意気込んではいたが、それよりも先に自分が彼女を好きであること、そしていかに必要としているかを伝えねばならなかったのだ。

だがそれすら、カイルはイオルに言われるまで気づけなかった。

手を握り、肌を重ね、口づけを交わせばそれですべてが伝わった気にまでなっていた。

「まだ何か質問はありますか？」

イオルの笑顔に、カイルはゆっくりと立ち上がる。

もう質問はないと首を横に振りかけて、彼はふと口を開いた。

「馬の用意を……」

カイルの言葉に、優秀な家令ははきはきと答えた。

「ええ。すでに用意できております」
＊　＊　＊

薄暗い路地の奥、騎士団本部の裏手にある木戸の前に、ハイネたちをのせた馬車はゆっくりと停まる。

さほど揺られたわけでもないのに、馬車を降りるハイネの足は震え、あまりの気分の悪さに、歩くのもやっとな有り様だった。

「少し休む？」

「大丈夫か？」

ハイネを支えながらルイーズとオーウェンが声をかけてくれたが、ハイネは首にかけたままの守り袋を握りしめ、首を横に振った。

だが絶望と恐怖がすぐそこに迫っているような気がして、ハイネの体の震えは更にひどくなるばかり。

それでも何とか歩き続け、騎士団本部内にある地下牢の入り口まで来た瞬間、ハイネの体の震えが大きくなった。

「何、この声」

ハイネに大きな恐怖をもたらしたのは、薄暗い地下牢の奥から響く耳障りな笑い声だった。

「犯人の声だ。笑ったり、泣き出したり、かと思えば女の名前を二日ほど呟き続けたり、ずっと聞かされるほうはたまったもんじゃない……」

説明するオーウェンの表情が曇っているのを見ると、この声を聞かされ続けて相当参っているらしい。

それは彼だけではないらしく、見張りに立っていた騎士たちもまた、一様に表情が暗い。

「そんな人のところに、ハイネを連れて行くって言うの?」

「しかたなくだ。それに、君は上で待っていてもいい」

「私がハイネだけを行かせるわけないでしょう!」

ルイーズの力強い言葉を聞いていると、ハイネは少しだけ気分が楽になった。

けれど、先へと進むうちに、ハイネの心臓は締め付けられ、呼吸すらままならなくなってくる。

「もしかして、カイルの言ってた発作が出ているのか?」

暗がりの中でもわかるほどハイネはひどい顔をしていたのだろう、オーウェンが心配そうにハイネを覗き込んでくる。

「大丈夫です」

「そうは見えない。何だったら、あいつを……」

「カイル様には、頼りたくないんです」

だがいくら我慢を重ねても、オーウェンたちの目にはハイネの状態はかなりよくないものに見えたのだろう。

オーウェンは看守部屋にハイネたちを案内し、小さな木の椅子にハイネを座らせた。

「いくら時間がないと言っても、こんな状態の君を行かせられない」

「大丈夫です。休めばきっと……」

「カイルがいれば落ち着くのだろう？」

「いなくても大丈夫です。前よりずっとよくなったし、もう一人でも問題ないです」

「君がそこまで言うのは珍しいな」

オーウェンの言葉に、ハイネは曖昧な笑みを浮かべる。

けれど側にいたルイーズはそれを黙って見ていられなかったのだろう、ハイネに小さくごめんと謝ると、代わりに口を開く。

「カイル様に結婚を申し込まれたんですって。それで一度は受けたけど、色々あって今はぎくしゃくしてるって」

ルイーズの言葉に、オーウェンは何とも言えない微妙な顔で、先ほど締め上げられた首をそっと撫でている。

「妙にぴりぴりしてたのはそのせいか……」

「でも戸惑うのも当たり前よね。だっていきなりなんだもの」

同意を求めるルイーズに、オーウェンは苦笑を浮かべる。

「あいつ、昔から走り出したら一直線なところがあるんだよな。好きな相手ができたら事を急ぎそうだとは思ってたんだよ」

「好きではないと思います」

思わずハイネがこぼすと、オーウェンが驚いた顔でハイネを見る。

「私、忘れていたんです。とても大事なこと……。絶対忘れちゃいけないことだったのに、私……」

口にするとまた記憶の波が押し寄せてきて胸が苦しくなる。

「もしかしてハイネちゃん、あの日の記憶が戻ったのか？」

「……はい。私本当は、祭りの日の晩ふられていたんです。カイル様は私を、どなたかに会わせようとしていて……、その方に頼まれて私に髪飾りを……」

冷静に説明したいのに、溢れる記憶と感情が言葉を乱す。

でもそれで、ルイーズとオーウェンは事情を察してくれたらしい。

「それってつまり、カイル様は友達の代わりに誘いに来たってこと？　何それ最低じゃない！」

ルイーズの容赦のない言葉に、ハイネの気分は更に沈む。

だがそこで、突然オーウェンがハイネに頭を下げた。それも、ひどく青白い顔で。

「ごめん、色々違うんだ！　あーまずい！　俺のせいだすまん!!!」

「……えっ？」

「カイルにハイネちゃんを誘うよう頼んだのは俺なんだ！」

「ちょっと！　私とデートしたいって言ってたあれは嘘だったの!?」

（……えっ!?）

ただでさえ大混乱なのに、なぜだかルイーズまでもがひどく怒りだし、ハイネは代わる代わる二人を窺う。

「違うって、後で説明するから……！」

「何でここで説明できないのよ！　疚《やま》しいことがあるんじゃないの!?」

特にルイーズの怒りはすさまじく、その形相はハイネたちだけでなく周りの騎士たちをも怯えさせるほどで、当事者であるはずのハイネも二人の言い合いには入っていけない。

唯一の救いは、二人の勢いに呑まれたおかげで、体の震えが少し治まったことだ。

記憶の放流も止まり、ようやく気持ちの整理ができそうだとほっとする。

(よくわからないけれど、私は何か誤解をしているのかしら……)

経緯はさっぱりわからないが、何かしら事情がありそうだとわかると、一時の感情に呑まれ、カイルを突き放してしまったことが悔やまれる。

もう少しちゃんとカイルの話を聞いておけば、こんな場所で混乱することもなかったのだ。

(発作で二人に迷惑もかけてしまったし、私、何してるんだろう……)

今更のように後悔してから、ひとまず今はこの場を収めようと、ハイネは二人をとりなすためのとっかかりを探す。

だがそこで、ハイネはふと気づいた。

(あの笑い声が、聞こえない……)

嫌な予感がして周囲を見回すと、廊下の奥のかがり火が一つ、ふっと消えた。

言いしれぬ不安に背筋がぞくりと凍った直後、オーウェンが異変に気づき、素早く剣を引き抜く。

「二人はここで待ってろ」

ハイネとルイーズに身を潜めるように言って、オーウェンは騎士と共に様子を見に行く。

一人、看守部屋の入り口に騎士が立ってくれてはいたが、オーウェンが廊下の奥に消えると途端に心細くなる。

ハイネとルイーズは自然と身を寄せ合い、二人は部屋の隅にそっと腰を下ろす。

手を握りあって、じっと入り口のほうを見つめていると、突然あの笑い声が先ほどより近くで響いた。

それに続き、剣戟《けんげき》の音とうめき声が廊下の奥から聞こえてくる。

ただならぬ殺気までもがすぐ側でふくれあがり、ハイネとルイーズは悲鳴をこぼさないよう必死に歯を食いしばった。

ハイネは酒場に来る騎士たちから、そしてルイーズは本の知識で、危機的状況でむやみに叫ぶことの愚かさを学んでいた。

だからじっと息を潜め、部屋の外から死角になる机の裏へと隠れ場所を変えるが、異変はもうすぐそこまで迫っていた。

見張りの騎士が立っていた場所から、男の笑い声と剣が打ち合う激しい音が響いたのだ。

それはひどく長い間続いたが、それも低い男の悲鳴で幕を閉じる。

直後、ひたりひたりと鳴る足音と、鎖がこすれるようなカラカラという音が、看守部屋の前を行きつ戻りつする。

その異常な音は騎士が発するものとは思えず、ハイネはそっと、机の陰から廊下を覗いた。

かがり火に照らされ、揺れる男の顔が見えた瞬間。

「……あっ！」

ハイネはついに堪えていた悲鳴をこぼしてしまった。

それは、雑貨屋の店主を殺し、ハイネを襲ったあの男の顔だったのだ。

ハイネの悲鳴に、男がゆらりとこちらを振り向く。

しまったと思ったが、男の瞳は、確実にハイネをとらえていた。

怪我をしているのか、その足取りは遅い。

だがこのままここにいれば殺されるのは確実で、ハイネは慌てて周囲を見回した。

側に一つ、オーウェンたちが消えたのとは別の廊下へと続く扉があることに気づいた。

そちらも地下牢に繋がっているとしたらいずれ逃げ道は塞がれてしまうだろうが、もしここで自分が逃げれば、男は自分を追いかけルイーズだけは逃げる隙ができるかもしれない。

（あの男は、砂漠の民ばかりを狙っていたはず……）

それならルイーズだけは助けられるかもしれないと考えて、ハイネは彼女と繋いでいた手を振りほどいた。

ここに隠れていて。

声を出さずに口だけ動かしてそう伝え、ハイネは奥の扉を開け放つ。

男が追いかけてくることを確認してから、もつれる脚を必死に動かし廊下に出たが、少し走ると鉄格子が通路を塞いでいた。

試しに揺すってみたが開く気配はなく、しかたなくハイネは振り返る。

するといつの間にかすぐ目の前に、あの男の顔があった。

先ほどはあれほどゆっくりだったのに、彼は恐ろしい速さでハイネとの距離を詰めていたのだ。

「やっと見つけた」

おぞましい声が頬を撫で、逃げようとした手を強く捻りあげられる。

間近で見た男は記憶の中よりももっとやせ細り、傷だらけなのに、ハイネがいくら暴れてもびくともしない。

そのまま床に倒され、痛みに呻きながら男を見上げると、男の足があり得ない方向を向いているのが見えた。

きっと男はかなり無茶な方法で鎖を外し、脱獄したのだろう。

あまりに痛々しい姿にハイネは目を背けたくなったが、男はハイネを捕まえたことが嬉しいのか、痛がるそぶり一つ見せない。

「マリアンヌ……君を傷つけたこの卑しい娼婦を、今度こそ殺せる」

ハイネの髪を乱暴につかみ、頬に爪を立ててくる。

「彼女は綺麗だったのに、美しかったのに、卑しいお前のせいで、彼女は……彼女は……」

泣き叫び、ハイネを殴りつけながら、男は叫ぶ。

卑しい女、卑しい女、卑しい女……！

その声は悲しみに暮れ、聞いているこちらまで胸が苦しくなるようだった。

殴られる痛みに震えながらも、その悲痛な声にハイネは胸が詰まる思いがした。

誰と間違えているかはわからないけど、きっと男はハイネの姿を見て、いつかの悲しみと憎しみを思い出しているのだろう。

痛みと恐怖で意識が混濁し始める中、男の悲鳴にも似た声を聞いていると、今までハイネが向けられてきた侮蔑の眼差しが、ふと頭をよぎる。

(私の姿は……人を不快にさせてばかりね……)

床に叩きつけられながら、ハイネは憎しみをかき立ててしまう自身の姿を呪った。

同時に、最後の最後まで、こうして卑しいと罵られることが悔しくて、苦しかった。

『全然ひどい顔じゃない』

そんなとき、ふと頭をよぎったのは自分の容姿を見て、断言してくれたカイルの姿だ。

あの言葉に自分はどれほど救われたのかを痛感し、後悔する。

(こんなことなら、あの時、振られるとわかっていても言えばよかった……)

ハイネの外見を気にすることなく、一人の女の子として扱ってくれて、本当に嬉しかったこと。そしてそのたびに、彼への思いを募らせたこと。自分が彼のことをどれだけ慕い、好きでいるかを、ハイネは彼に伝えたいと強く思った。

「――――ハイネ!!」

そんなとき、ハイネの耳が愛しい人の声を捕らえる。夢か現実かわからないままに、ハイネは助けを求めて腕を伸ばした。

「ハイネ!!」

そこでもう一度カイルにハイネと名を呼ばれ、彼女はそれが幻聴でないと確信する。

（まだ、間に合う……かな……）

伝えたい言葉を彼に言えるだろうかと、僅かな希望に涙が零れる。

「今度は、邪魔させない」

だが感情のない声が響いた直後、ハイネの腹部に鈍い痛みが走った。

カイルを捕らえようと彷徨わせていた視線を自分へと戻し、ドレスを汚す赤い染みに気づく。

「……――っ！」

刺された腹部から激しい熱と痛みが込みあげ、ハイネは悲鳴を上げながら背後から地面に倒れ込んだ。

反転した世界の向こうからカイルが駆けてくるのが見えたが、伸ばした手は彼に届くことはなかった。

「貴様――――！」

獣のように吼え、カイルがその手に持った剣を大きく薙ぎ払う。

刃を避けるため、男はハイネから離れるが、それでもなおカイルの攻撃は止まらない。

騎士とは思えぬ獣の形相で猛攻をしかけ、打ちふるわれるカイルの刃は、男の体を何度も切り裂いた。

その荒々しさはあまりに恐ろしく、ハイネは痛みとは違う恐怖で体が震えるのを感じた。

今までずっと、カイルは自分を守るために剣を振るってくれていた。だが今目の前にいる彼は、守るのではなく男を殺すためだけに刃を振るっているように見えた。

(止めなきゃ……)

不意に、ハイネは強く思った。

今止めなければ、カイルが……自分の愛しい騎士がどこかへ消えてしまうような気がした。

(絶対に…止めないと……)

力を振り絞って体を起こしたときには、カイルは男を蹴り倒しその体を踏みつけていた。

男はすでに傷だらけで、止めなど刺す必要がないのは明らかなのに、カイルは剣を手放す気配がない。

やはり自分が止めなければと、ハイネは腕に力を入れて床を這う。

「カイル様――――！」

自分でも驚くほど大きな声に、カイルがゆっくりと彼女を見た。

その目はどこか虚ろで、自分を襲った男と一瞬重なる。

そのことをひどく恐ろしく感じたけれど、臆したら最後、体が痛みに負けてしまう気がして、ハイネは彼のほうへと進み続ける。

「……もう、私は大丈夫です」

ハイネは、痛みで震える腕を必死に伸ばす。

「だから、側に……。私の側に来てください」

お願いですと繰り返すと、カイルの手から剣が零れ落ち、彼はふらつきながらハイネに近寄り抱き寄せる。

「ハイネ、怪我…を……」

「これは自分のせいです。あのときも今も、私がカイル様から逃げたから……」

言いながら、ハイネは自分に縋り付くカイルの髪に指を滑り込ませた。

そのまま優しく彼の頭を撫でていると、カイルが力強くハイネを抱きしめてくれる。

「だけどもう、大丈夫です」

体の痛みはひどく、言葉も震え、我ながら何一つ説得力はないだろうと思ったけれど、ハイネを見つめるカイルの瞳にはいつもの光が戻った。

それにほっとしてくずおれたハイネを支え、カイルはいつもの彼の声で告げてくる。

「大丈夫ではない。すぐ、医者に連れて行く」

刺された腹部を素早く止血すると、カイルはハイネを抱き上げる。

「出血は少ないから心配するな。これなら、すぐによくなる」

彼の腕に抱かれるとようやくほっと息が零れ、ハイネはゆっくりと目を閉じた。

「何だか私、カイル様の腕の中で、気絶してばかりいる気がします……」

それを情けなく思う一方、彼だからかもしれないとハイネは思う。

怖い目にあったことはもちろんだけど、助けてくれたのが彼だからきっと自分も安心してしまうのだ。

「お前が思うほど、俺の腕の中は安全な場所ではないと思うが」

「でも、傷つけ…ないから……」

意識がかすみ、うまく口が回らない。

けれど言いたかったことは、カイルに届いたようだった。

「ああ、俺はお前だけは傷つけない。もう誰も、お前の美しい肌には触れさせない」

「美…しい？」

「そうだ、それを言うためにここに来たんだ」

いつになく優しい笑顔で、カイルはハイネを見つめる。

「お前に水をかけられたとき、この世界にこんなにも美しい人がいるのかと驚いた」

そして、好きになった。

薄らぐ意識の向こうから聞こえたその言葉は、自分に都合のいい夢が聞かせているのだろうか。

それとも現実だろうか。

それを確認したかったけれど、眠りの中へ落ちるのを、ハイネは止められなかった。

第十章

花祭りが終わったのはほんの少し前の気がしていたけれど、カサドの街はもう次の祭りで賑わっている。

遠くから聞こえる楽隊の演奏に耳を傾けていたハイネは、寝台に横になりながら、花祭りからもう二月《ふたつき》も経ったのかと、時間の流れの速さに苦笑する。

それにしても今年は祭りに縁がないなと考えていると、不意に寝台がぎしりと傾いた。

「祭りに行きたいのか？」

問いかけに顔を傾けると、隣にあるのはどこか申し訳なさそうなカイルの顔だ。

彼もまた寄り添うようにして彼女の横に寝転がっているが、ゆったりしたドレス姿の彼女とは違い、先ほど家に帰ってきたばかりの彼は騎士団で支給される制服に身を包んでいる。

まずは服を着替えればいいのに、それすら惜しいとハイネに縋り付き、頭を撫でて欲しいと乞われたのはつい先ほどのことだ。

「どうでしたか？　久しぶりの騎士のお仕事は順調そうですか？」

「色々懐かしくなったが、やはり今の俺には荷が重いな。オーウェンが元気になったら、すぐまた身を引くつもりだ」

「そういえば、オーウェン様のお加減は？」

地下牢で負った怪我は重く、オーウェンはずっと自宅で養生している。

そしてそんな彼に頼まれ、カイルはしばらくの間騎士団長代理を務めることになったのだ。

「たいしたことはない。不意をつかれてぼこぼこにされたようだが、肋骨と腕の骨が砕けたくらいらしいから大丈夫だろう」

全然大丈夫には聞こえないが、カイルの言葉に嘘はなさそうだった。それに彼と同じ屈強さを持つ彼なら骨折くらいはすぐ治しそうな気はする。

「むしろ、想い人に看病してもらえると喜んでいるくらいだ」

「あの、好きな相手っていうのはやっぱり……」

「お前の友人だ。ルイーズとか言ったか」

そう告げてから、カイルは少し難しい顔をする。

「それより、ハイネの体はどうだ？」

「カイル様の頑丈さが移ったのか、痛みも熱もすっかり引きました」

怪我をしたあとの数日は傷からの高熱でひどい気分だったが、カイル同様ハイネにも悪運があるようで、傷は思ったより浅かった。

剣で刺された腹部の傷は残りそうだが、それもだいぶ癒え、抜糸も終わり、歩行ももう問題ない。

カイルはハイネをベッドに縛り付けたがるので、彼がいるときはなるべく部屋にいるようにしているが。

「気分がいいなら、少し話しながら散歩でもするか？」

彼が珍しくそんなことを言うので、ハイネは思わず飛び起きる。

「行きたいです！」

「わかったが、そんなに激しく動いてはだめだ」

ベッドからは自分が下ろすと言うと、過保護な彼はハイネを抱き上げる。

そのまま自分の側に立たせると、彼はハイネの腕を取り微笑んだ。

「俺を杖にしろ」

「カイル様が杖なら、絶対に転ばない気がします」

「ああ、絶対転ばせない」

その言葉に偽りはなく、中庭に出るハイネの足取りはまったく危なげなかった。

一人で歩行訓練をしていたときは躓《つまず》いてばかりいたけれど、カイルが側にいると足がもつれることがないのだ。

たぶん彼は、ハイネ以上に彼女の具合を把握しているのだろう。彼女が今どれほどの速度で動けるか、どのように動くのかを明確に察知し、完璧に支え、リードしていく。

「それで、わざわざここに連れ出したのは、何か理由があってのことですよね？」

中庭に置かれたティーテーブルに腰を下ろしたところで、ハイネはそう尋ねる。

察しのよさに驚くように目を見開くと、カイルはハイネの横に椅子を置き、彼女に寄り添うようにして腰をかけた。

「今回のことを、一度ちゃんと詫びたくてな」

怪我の治療のためにと再び屋敷に戻ってからずっと、カイルが何かを言いたそうにしていることには気づいていた。

男に襲われる前に仲違いしてしまったこともあり、ハイネのほうもちゃんと話して謝りたいと思っていたのだが、ハイネの具合やカイルに降ってわいた騎士団復帰の話のせいで機会が訪れず、ようやく今にして叶ったという具合だ。

「地下牢では、怖い思いをさせてすまない。それにオーウェンとイオルから色々言われた。『お前は伝えていないことが多すぎる』と」

言いながら、そこでカイルは小さな手記をすっと差し出した。

中を開けと言いたそうな面差しに、ハイネはそっとページをめくる。

『春の月二十一日目　朝食：パン・春野菜のスープ　〇七二八時：市場まで買い物　暴漢二人が対象に接近したところを排除　心配になったので午後の鍛錬は夜に　本日は一日対象を尾行』

何かの調査報告のようなものがびっちり書かれた手記に、ハイネは戸惑う。

なぜこれを自分に見せるのかと戸惑っていたが、いくつかの項目を読むうちにふと、書かれた内容に既視感を覚えた。

「あのこれ、この対象ってもしかして……」

「お前だ」

「わ、私、何か尾行されるようなことを!?」

「水を、かけただろう」

やっぱりあのときのことを恨んでいたのだろうかと青い顔をするハイネに、カイルが慌ててすまんと言葉を重ねる。

「いや、言い方を間違えた。これでは誤解されるな」

それからカイルは優しい手つきでハイネの肩に手を置く。

いつもは逸らされがちの青い瞳を真っ直ぐに向け、カイルはふっと息を吸う。

「水をかけられたあのとき、俺はお前に一目惚れした」

カイルの告白はあまりに唐突で、ハイネはしばしの間言葉を失う。

「だが俺は、好きな相手にどう接していいかもわからない男で……。そしてその結果がこれだ」

とにかくお前に会いたくて、お前を知りたくて、隠れて跡をつけ回してしまった。

そう告げられてようやく、ハイネは今、カイルに愛の告白をされているのだと気づいた。

同時に彼がこれまでの誤解を解こうとしていることに気づき、ハイネのほうも抱いていた疑問を、カイルにぶつける。

「じゃあ、お祭りのときは？　あのときカイル様は、オーウェン様に頼まれて私を誘ったんですよね？」

「すまん。あのときは俺も緊張していて、言葉が足りなかった」

そこでカイルは、思い出したように懐からあのときの髪飾りを取り出す。

「これは俺がお前のために買ったものだ。だが運悪く、その日オーウェンにお前を連れてくるよう頼まれてな……。あいつはお前の友達に恋をしていて、その子を誘う手助けをお前に頼もうと思っていたらしい」

「もしかして、ルイーズですか？」

「ああ。順を追って説明すればよかったんだが、緊張しすぎてうまくしゃべれなかった」

すまないと深々と頭をさげるカイルに、ハイネは怒っていいのか笑っていいのかわからなくなる。

ただ一つ、わかることと言えば自分が大きな誤解をしていたということだ。

「カイル様が私を好きだなんて、思ってもみなくて……」

「俺だってお前に好かれているとは思ってもみなかったんだ。俺はこの顔だし、恐ろしい噂ばかりが先立つ男だ。そのうえ一番ひどい有り様を、さんざん見られた」

カイルの言葉を聞いて、ハイネははっとする。

彼の言葉は、そのまま自分にも置き換えられるものだ。

幼い頃から娼婦だと言われ続けてきた肌と髪を、カイルが受け入れてくれるとは思っていなかった。

自分を好きだなんて絶対にあり得ない、そんな思い込みが、どうやらお互いの気持ちを隠してしまっていたらしい。

「カイル様は、素敵です。目の傷を見てしまったときも、恐ろしいだなんて思いませんでした」

「お前だって綺麗だ。特に太陽の下で見ると美しさが際だつから、外套を纏うのはもったいないと思っていた」

真っ直ぐに向けられた賛辞《さんじ》は、ハイネにはあまりに刺激が強すぎて、へなへなと腰が砕けてしまう。

その反応におかしそうに目を細めながら、カイルは素早くハイネを抱き上げ、たくましい太ももの上に座らせる。

以前馬車の中で、腰に腕を回され抱きかかえられたことはあったけれど、あのときよりもずっと、距離が近い。

「なかなか可愛い反応だ。甘い言葉はうまくないが、がんばって習得するのも悪くなさそうだな」

「私、こういうのは慣れていないので……」

「俺だって慣れていない。だから一緒に練習していこう」

手始めにと、カイルはハイネの耳元に唇を寄せる。

「俺の側に、これからもずっといてくれるか？」

もちろんと言いたいのに、驚きのあまり言葉はいくら待っても出てこず、ハイネは何度も何度も頷くことしかできない。

「よかった……。たぶん俺はもう、お前がいなければ生きられないと思っていたから」

「大げさです」

「大げさではない」

ハイネの頬にそっと触れながら、カイルはほんの少しだけ寂しそうな顔をする。

「騎士には……特に長いこと戦いに身を置く者には、剣とは別の生きる意味が必要になるときがある」

「それが、私ですか？」

「俺にとってはそうだ。あと例えば、オーウェンの場合は顔に似合わず可愛らしい人形がそれにあたる。仕事のあとはそれを抱きしめていないと高揚しすぎて眠れないと話していた」

何だか意外ですと言おうとして、ふと以前ルイーズがこぼした言葉が蘇る。

『その人に言われたの。小さい頃に溺愛していた『人形』に私がそっくりだから、毎日抱きしめさせて欲しいって』

もしかしたら、あれはオーウェンのことだったのかもしれない。だとしたらルイーズはオーウェンの誘いを断固拒否しただろうし、その後自分やカイルを使って彼女に取り入ろうとしたのも頷ける。

「そして俺には、お前だ。正確には、お前になったと言うべきかもしれんが」

小首をかしげるハイネに、カイルはいつも以上に丁寧な口調で、言葉を紡ぐ。

たぶん彼は、言葉足らずなせいで色々と誤解されないようにと、いつもより慎重にしゃべっているのだろう。

それがわかったから、ハイネもこれ以上勘違いでカイルを傷つけぬようにと、彼の言葉をじっと待つ。

「お前に出会うまで、俺にとっての安らぎは酒だった。それも仕事のあと、部下たちと飲む一杯の酒だ。どんな苦しい戦いのあとでも、そうしていると心が静まり、俺は血にまみれた騎士ではなく、人に戻ることができるとそう思っていた」

だが……と、カイルは悔しげに目を伏せる。

「ある日突然、それを失った。部下は死に絶え、俺だけ生き残った。戦場にただ一人取り残されたような、そんな気がして……。恐ろしくて酒を飲み続けたが、気分は悪くなるばかりだった」

ハイネの酒場で酒に溺れていたのはそんな理由があったのかと、ハイネは今にしてようやく知る。

確かにあのときのカイルは、何かから逃れようとしているように見えたが、それは気のせいではなかったらしい。

「騎士として生きることが唯一の誇りだったのに、体を壊しそれさえ奪われた。ただ一人力もなく戦場に取り残され、死んでいく部下の顔を見せられる……そんな気持ちが毎晩のように悪夢を見せ、つい最近までは寝るのも恐ろしかった」

言葉の一つひとつから悲痛な気持ちが感じ取れて、ハイネは思わずカイルの頭を優しく撫でる。

するとようやく、カイルの顔に穏やかさが戻った。

「でもその恐怖を、ハイネ……お前が取り払ってくれた。お前が頭を撫でてくれると、もう悪夢は見ない」

そう告げる声が、瞳が、自分を必要としているのだと語りかけている。

それが何よりも嬉しくて、ハイネは幸せな気持ちで、カイルの髪に指を滑らせた。

「それなら、いつまででもこうしています」

「そうしてくれ。さもないと俺は、下手をすればあの男のようになってしまう」

それは誰かと尋ねずともわかった。大事な人を失い、壊れてしまった人を、ハイネは知っている。

「私を襲った犯人も、確か騎士でしたよね？」

「彼にとっての唯一の救いは、妻だったらしい。それを砂漠の民の血を引く暴漢に殺され、以来同じ肌のものを見るたび自分を失い、殺すようになってしまった」

「何だか哀れですね……」

「だがあそこまで壊れてしまうと、もう元には戻れないだろうな」

「処刑されてしまうんでしょうか？」

「国のために戦った名のある騎士だし情状酌量の余地があると、王都の監獄に収容されることが決まったそうだ。だが彼はもう人の心や肉体の痛みすら感じない獣だ。下手をすればまた逃げ出すだろうし、処分したほうがいいと思うんだが……」

処分と、そう言い切ったカイルの瞳はひどく冷たくて、ハイネは少しぞくっとする。

だがそれも僅かなこと。カイルはすぐさまいつもの表情に戻る。

「まあ、獣は俺も同じだろうがな」

意外な告白に顔を上げると、カイルは何かに怯えるようにハイネをきつく抱きしめた。

「あの男は、俺と同じだ。俺と同じように戦争で多くの仲間を亡くし、一人生き残った哀れな男だ」

「カイル様も、同じようになると考えているんですね……」

「もうなっていると思う。時々自分が、俺の中の騎士道がどうしようもなく揺らぐ」

「でもあなたは、意味もなく人を殺したりはしないでしょう？」

尋ねると、カイルは小さく頷く。

「ああ、今のところは」

「でしたらきっと大丈夫です。あなたは優しくて強いんだもの、絶対に大丈夫」

「でももし……」

ためらいの言葉に、今度はハイネがカイルのことをそっと抱きしめ返す。

そして、温もりの中で考える。

彼がもし獣になったら、そうなったら自分はどうするのかと。

そのときふと頭によぎったのは犯人に剣を振り下ろそうとしたカイルの姿だった。

確かに、あのときのカイルは騎士とは言いがたく、彼の変貌を目の当たりにしたハイネは情けなく震えてしまった。

けれどそれを見た今も、カイルの腕の中が一番落ち着く場所だと思えることには変わりない。

今もこうして彼に安らぎを覚えているのだから、たとえ彼が獣になっても、それは同じに違いないとハイネは思う。

「たとえ獣になっても、私は側にいます」

「本当か？」

「ええ。獣でも、私の騎士はあなた以外には考えられないから」

離れても前のように体は震えないが、前以上にハイネの体も心もカイルを欲している。

たとえ何があろうと、彼から離れることができないほどに。

「それにすでに私は二回も逃げ出して、カイル様を傷つけてしまったから……。だからもう、逃げるのはやめたいんです」

「ならば側にいてくれ。愛しいお前がいれば、俺はたぶん獣にならずにすむ」

側にいるともう一度約束すると、カイルは思い出したように小さく笑う。

「それにお前は、目を離すとすぐ危険な目に遭うからな」

「でももう大丈夫です。これからはずっと、離れませんし」

ハイネが力強く言うと、カイルが彼女の耳元に唇を寄せた。

「まあ、もう二度と逃がすつもりもないが」

甘い言葉にぞくりと体が震え、腰の奥がじんわりと熱くなる。

言葉だけで反応する体にハイネは驚いたが、熱を静めようとするより早く、カイルがハイネを抱いたまま、立ち上がる。

「そろそろ、部屋に戻ろう。ここは少し冷える」

むしろ火照《ほて》った体を冷ましていきたいくらいだけれど、それではまるで誘っているようで、口にするのはためらわれる。

その微妙な間を感じ取ったのか、カイルが首をかしげながらハイネを見つめた。

「……ハイネ、したくなった」

「えっ、その……」

「ハイネもだろう？」

言い当てられ、あうあうと言葉にならない声を上げることしかハイネにはできない。

「でも、まだ明るいですし……」

「今夜は少し用事がある。傷に響かないなら、今すぐ抱きたい」

「か、体は、平気です……」

言ってから、これでは強請《ねだ》っているようではないかとハイネは後悔する。

けれどカイルは、むしろそれを喜んでいるらしい。

「今日は、いつもより優しくする」

優しくとはどんなふうなのかと考えて、ハイネは頬を真っ赤に染めた。

＊＊＊

部屋に入るなりハイネの服を取り払うと、カイルはまだ包帯が巻かれたハイネの腹部に目を落とした。

傷は塞がったがまだ無理はできないだろうし、なるべく動かさないようにしなければと彼は考える。

「以前の礼だ。今度は俺が、お前を気持ちよくさせる」

美しい肢体《したい》をベッドに横たえると、自身が纏う制服を脱ぎ捨て、緊張で小さく震えるハイネの太ももに手を置いた。

肌に残る傷痕を優しく撫でていると、ハイネの口から甘い吐息が零れ出す。

初めて体を重ねたときから思っていたが、ハイネはかなり感じやすい。

カイルが触れるとすぐ肌を震わせ、誘うように甘く息をこぼすのだ。この無自覚の誘惑に、カイルは何度自制心を崩壊させたかわからない。

（だが、今だけはほどほどにせねば……）

カイルが本気で抱けば、治ったばかりの傷が開いてしまうかもしれない。

慎重にせねばと気持ちと呼吸を整えて、カイルはハイネの太ももにかけた手に力を込める。

無意識に閉じようとする脚を開くと、すでに蜜をこぼし始めた花弁がカイルを誘う。

今すぐにでも突き挿れたいし、ハイネならすぐに受け入れてくれるだろうが、まず今は彼女を絶頂へと導きたい。

自分の手によって乱れ、痴態をさらす彼女を見たかった。

「体はなるべく動かすなよ」

それから彼は、ハイネの秘部にゆっくりと顔を近づけ、零れる蜜を舌で舐め取る。

途端にハイネの腰がびくりと跳ねたので、慌てて腰を手で押さえた。

「動くなと言ったろう？」

「勝手に……」

「では、しっかり押さえておこう」

ハイネの体が痛まぬ程度に、カイルは左手で太ももを押さえ、右手を寝台と腰の間に差し入れ、抱き寄せる。

もう一度、今度はゆっくりと舌を這わせるとハイネの腰が小刻みに震えた。

「ンッ、ぁ……」

大きく動かないよう押さえながら、カイルは花弁を舐めあげ奥に続く入り口を探る。

その間にも蜜液は更に溢れ出し、舌を動かすたびぴちゃぴちゃといやらしい音が室内に響く。

「あっ、ふぅ…、あぁ、ンッ」

嬲《なぶ》る舌に合わせて、ハイネがこぼす吐息も少しずつ大きくなり、快楽によって突き出された胸の頂が、ぷっくりと膨らみ始めた。

包帯をしているせいで腹部はよく見えないが、この分ではカイルの舌がもたらす熱でいやらしく火照っているに違いない。

僅かな間に官能の虜になった体は美しいが、それだけではまだ足りない。

「少し奥に進むぞ」

蜜と唾液で淫らに色づいた花弁を押し開き、カイルは舌を奥へと進ませる。

途端にハイネの体が震え、先ほどより慎重に体を押さえなければならなくなった。

「まだ、入り口を舐めただけだ」

「で…も……」

「次はもっと奥だ」

舌を這わせ、肉壁の蜜を舐めていると、ハイネの声に色香が増す。

それをもっと聞きたくて、一番感じる場所を肉厚な舌で何度も舐めあげると、ハイネが嫌々をするように首を振った。

「ここが、気持ちいいのではないか？」

「い……いい…です」

「でもいやなのか？」

「ちが、ぅの……」

快楽にとろけた瞳をカイルに向け、ハイネが美しい唇をゆっくり動かす。

「カイル…さまの、ほしぃ……」

再び奥を攻められたせいでそれ以上は喘ぎ声に変わったが、ハイネが求めるものが何であるか、わからないカイルではない。

もう少しだけハイネの声を楽しんでから、彼はハイネの花弁から舌を離した。

「いつもより、欲しがるのが早いな」

「だめ……で…すか？」

「いや、嬉しい」

ハイネの体に負担をかけぬよう、カイルは彼女の脚を開き、肉茎を蜜口へと近づけた。

そのまま優しくこすりつけると、それだけでハイネの淫蜜は止めどなく溢れ出し、カイルを誘う。

ハイネを放さぬように、彼女が離れぬようにと快楽に染めたのはカイルだが、当初考えていたよりもずっと、彼女の体と心は淫らなものへと変わったらしい。

（それは、俺もか……）

性欲はさほど強くないと思っていたのに、ハイネを前にすると情けないほどカイルの体はすぐ疼き、達きそうになる。

それだけならまだしも、一度始めたら体はそう簡単には静まらない。

ハイネの体力が尽きるまで中に入れたまま注ぎ込むこともしばしばあり、それでもカイルの熱が冷めたことはないのだ。

いつか静まる日が来るのかと考えてみるが、ハイネの吐息を聞くだけで熱情に溺れそうになる体が普通になるとは思えず、むしろ今以上に彼女に依存していく気もする。

「あっ……ンんっ……カ……イル……」

けれどそれでいいのかもしれない、ハイネの肢体に手を這わせながら、彼は考える。

「欲しいか？」

「ほ……しぃ……」

自分を求め、悦楽に酔いしれる体を、カイルは何があっても手放さないと決めた。

そしてハイネも、ずっと自分の側にいると言ってくれた。

ならばもう、このままでいい。

体も、そして心も普通ではないけれど、今のままハイネの側にいようとカイルは決めた。

欲望の赴くまま、カイルはハイネの中を侵し、嬌声を上げて震える彼女を満足げに見つめる。

そのとき、シーツにこすれたのか、彼女の腹部に巻かれた包帯が僅かにずれた。

ハイネの美しい肌の上にいびつな傷痕が覗いているのが見えた直後、カイルの頭が白く濁る。

男がハイネに剣を突き立てたシーンが脳裏に浮かび、その直後、ハイネの嬌声が悲鳴に変わった。

同時に頭の中をかき回されたような不快感に視界が歪み、目の前を闇が覆う。

その中で何かが、誰かが悲鳴を上げ息絶えるのが見えた瞬間、温もりが彼の頭を撫でた。

「…カ…イル？」

はっと我に返ると、ハイネの美しい瞳が自分を不安そうに見ていた。

今のは幻聴だったのだと気づき、カイルは力なく彼女の傍らに手をついた。

「大丈夫…です…か……」

「ああ、問題ない」

何とか笑顔をつくると、カイルはハイネの上に覆い被さり彼女の唇を優しく啄む。

そのまま舌を絡ませていると、頭の中に巣くっていた不快感が静かに消えていき、内心胸をなで下ろす。

「ん、ふぅ、ン……」

そのまま長いこと舌を絡めていると、ハイネの口の端から唾液が零れ落ちた。

もう何度も口づけはしたが、ハイネは呼吸の仕方がうまくない。

だから苦しくないよう、いつもは小刻みにするのだが、どうやら今日は少し長く塞ぎすぎたらしい。

「苦しかったな、すまない」

「だい…じょうぶ…です」

「なら、もう少し」

続きを乞うと、今度はハイネのほうから舌を絡ませ甘えてくる。

いつになく積極的な彼女が嬉しくて、カイルはもう一度腰をゆっくり動かし始める。

「あぅ…ンッ……あぁ……やぁ」

口づけを交わしながらの挿入がよかったのか、ハイネの肉壁はカイルに絡みつき、更に奥へと誘っていく。

なるべく優しく、しかし彼女が感じるよう敏感なところを優しく抉ると、ハイネがカイルをきつく締め上げた。

「また…達…き…そう…」

「達け。俺も、今日は我慢できない」

ハイネの一番奥を抉りながら、カイルは嬌声の零れる唇に食らいつく。

そのまま彼女の呼吸を奪うと、ハイネは体を大きく反らせ四肢を震わせた。

同時に、カイルもまた堪えきれない熱をハイネの中に注ぎ込む。

「ああぁっ、あっ…いい……!!」

絶頂と熱が絡み合い、二人は肌と呼吸を合わせ、快楽の中で溶け合う。

「ハイネ……」

愛していると伝えたかったのに、言葉は優しいキスに奪われる。

小鳥が啄むような可愛いそれを淫らなものへと変えたくて、今度はカイルのほうから角度を変えて舌を絡める。

そのまま名前を呼びながら何度も何度もキスを繰り返すと、彼女もまた、吐息の奥から彼の名を呼ぶ。

「カ…イル……」

名を呼ばれただけで熱が上がり、カイルは再び抽送を始める。

「あぁっ、ンッ…あぅ……」

ハイネが快楽に溺れていくのを見つめながら、カイルもまた彼女の中で溺れていく。

(もう二度と、放さない……)

きつくきつくハイネを抱きしめる。

彼女はもう逃れないとわかっていたけれど、そうしていると心が安心するからだ。

そのまま腰を引きよせ微笑めば、ハイネもまた幸せそうな顔でカイルの頭をそっと撫でた。

「さあ、続きをしよう」

今度はもっと深く、彼女に自分を刻みつけよう。

繋がれた手と指を絡め、カイルはもう一度ハイネをきつく抱きしめた。

エピローグ

「えええええ、あんた結局結婚断ったの!?」

ルイーズの大声に慌てて静かにするよう促して、ハイネは目の前に置かれた紅茶に手を伸ばす。

「断ったというか、延期することにしたのよ、二人で話し合って」

なじみの喫茶店で、久々に親友とお茶をしていたハイネは指輪のない薬指を見つめて笑う。

「私たちその、お互い恋愛の経験がないから、結婚の前に恋人らしい時間をつくるのもいいかなって」

「何だそういうこと」

ほっとした声を出し、ルイーズがティーテーブルの上にほおづえをつく。

「いいわねぇ、仲がよくって」

「ルイーズのほうはどうなの？　他の子に聞いたけど、オーウェン様とデートしてるんでしょう？」

「してるけど、そっちみたいな純情路線じゃないからね、うちは……」

そう言って遠い目をするのは、オーウェンの特殊な趣味が関係しているのだろう。

後から聞いた話だが、ルイーズはハイネが襲われたあと、姿を見せなくなった親友の行方と無事を確かめることと引き替えに、オーウェンに相当な無理難題をふっかけられたらしい。

『ハイネのことを知りたかったらデートをしろ』とオーウェンが迫ったという話をカイルから聞いたときはハイネもぎょっとしたし、今日二人きりでお茶をしているのも、その埋め合わせのためである。

「あの筋肉ムキムキの体で人形を抱いてるの見ると、うんざりするわよ」

「でも、デートをしてるってことは嫌いじゃないのよね？」

「まあその……、恋の始まりはいつも甘いとは限らないってことよ」

確かに不思議な始まりもあるものだと、ハイネはカイルに水をかけたときのことを思い出す。

始まりどころかその後の展開も普通ではなかったけれど、でも今はそれなりにまともになったほうかもしれない。

「おい嬢ちゃんたち……」

けれどその想いは、少し離れたところで聞こえたいかにも軽薄そうな声によって遮られる。

声のしたほうを見ると、そこに立っていたのはガラの悪い男たちだった。

「暇なら、ちょっと付き合わねぇか？」

どうやら男たちは、窓際の席に座っていた二人に目をつけ、声をかけてきたらしい。

自分はともかくルイーズは万人受けする可愛さだから、あまり目立つところに座るんじゃなかったと今更後悔していると、突然男の一人がハイネの視界から消えた。

続いてぎゃーと悲鳴が響き、残りの二人の姿も次々消える。

何事かと瞬きを繰り返し、そしてハイネは男たちが消えたのではなく、地面に倒されたのだと気がついた。

「本当によく絡まれるな」

直後、男たちに代わって二人の前に現れたのはカイルだった。

いつもと違う杖の持ち方をしているあたり、男たちを引き倒したのはたぶん彼だろう。

というか確実に彼だ。

「本当に、お前からは目を離せない」

「目を離したこと、ないじゃないですか」

現に今も、いったいどこから見ていたのだろうとあたりを窺うと、通りの向こうの本屋でオーウェンがそしらぬ顔で立ち読みをしているのが見えた。

「カイル様、オーウェン様まで付き合わせちゃだめですよ」

「あれは自主的だ。一緒に尾行しようと誘った憶えはない」

俺のせいじゃないと言い張るが、確実に感化されている気がして、ルイーズに申し訳なくなる。

だがそのあたりのことも察しているのか、ルイーズは気にするなと手を振る。

「それよりハイネ、これから出かけるんでしょ？」

「えっ、でもまだ……」

「行きなさいよ。愚痴はまた今度聞いてもらうから」

しっしと手を振られ、ハイネは苦笑しながら席を立つ。

その腰に回されたたくましい腕に照れくささを感じながら、ハイネはカイルと共に喫茶店を後にする。

外に出ると、カイルの登場に人々は慄き道を空けた。

ハイネと付き合うようになってだいぶ丸くなったが、それでも相変わらず、彼の外見は恐ろしいと評判だ。

（本当は、こんなに素敵なのに……）

でもそれは、自分だけが知っていればいい気もする。

そして自分のことも、カイルが理解してくれるならそれでいいと、近頃では思うようになった。

今もどこからか侮蔑の視線を向けられていることには気がついたけれど、カイルと手を繋ぎ、外を歩いていれば不思議とそれも気にならないのだ。

「やっぱりお前は、太陽の下に居るときが一番美しいな」

今はもう隠さなくなった黒い髪を手に取り、カイルはそっと口づけを落とす。

隠さなくなったと言えば、カイルのほうもハイネと二人きりのときには、左目を隠すことがなくなった。

こうして二人で歩くときは、あえてハイネのつくった眼帯をつけているときも多いが。

「そういえばそれ、少しくたびれてきましたね。新しいのを、またつくりましょうか？」

「しばらくはこれでいいが、それよりも……」

と、カイルはハイネの首にかかる守り袋を指さす。

「俺のものはハイネが持っているから、新しいのが欲しい」

「花祭りは、まだ一年も先ですよ」

「だが、欲しい」

このごろカイルは、自分の想いを素直に口にするようになった。言葉が足らず、そのせいですれ違っていたことに懲りたためか、近頃は望みや気持ちを隠さなくなったのだ。

むしろ素直すぎて反応に困るときも多々あるが、真っ直ぐに言葉を向けてくれることは少し鈍いところがあるハイネにはありがたい。

「尾行記録を見ていて気づいたが、今年はつくる気で居てくれたんだろう？」

「それは、まあ……」

「それなら、今からつくってもいいじゃないか」

そういうものだろうかと悩む一方で、頭の中ではすでに、刺繍のデザインができあがりつつある。

それにカイルに強請られると、ハイネはどうしてもあらがえないのだ。

「じゃあつくります。でもこれも、ちゃんとお返ししますよ？」

「それなら、そのときは代わりに、何か別に身につけるものを買おう」

それが何かとは聞けなかったが、指輪とかネックレスとか、普通のものがいいなと思う。

カイルの突飛なところは嫌いじゃないけれど、おそろいのナイフとか渡されたら、ちょっと困る。

「大丈夫だ、物騒な物は買わない」

「本当に？」

「ああ、約束だ」

とりあえず今は信じようと頷いてから、ふと物騒という言葉で思い出す。

「そういえばあの方、亡くなったんですね」

名を告げずとも、カイルはそれが誰のことだかわかったらしい。

彼は僅かに目を伏せ、ハイネの言葉に応える。

「新聞で読んだ。護送中に、死んでいるところを発見されたそうだ」

自分も読んだと言いながら、ハイネはふと、小さな路地の前で歩みを止めた。

今も時々、こうして薄暗い路地を見たり、自分と同じ砂漠の民の血を引く者に会うと、自分の身に起きたことを思い出す。

結局あの男に襲われて生き残ったのは、ハイネとカイル、そしてオーウェンを含む数人の騎士だけだった。

行方不明になっていた女性も遺体で見つかり、事件後の数週間は悲痛な連続殺人にイルヴェーザ中の国民が胸を痛めた。

それは当事者であるハイネも例外ではなく、しばらくの間は悪夢にもうなされ、カイルの腕の中で、何度泣きながら起きたかわからない。

だから男を哀れに思う一方、彼が死んだと知り、ほっとしている自分もいる。

「私、彼が言うように卑しいのかも……」

男に叩きつけられた言葉を思い出し、ハイネはぽつりとこぼす。

その無意識の言葉を、カイルはちゃんと聞いていたのだろう。

彼は突然ハイネを優しく抱き上げると、その唇を深く奪う。

往来のある場所でされるとは思わずハイネが驚いていると、カイルは子供をあやすようにハイネの頭を撫でた。

「ハイネは卑しくない」

「でも……」

「ハイネが安らかに眠れるなら、むしろ死んでよかったんだ」

その声は優しいのに、なぜだか少しだけ、ぞくっとする。

でもハイネを見つめる瞳はやっぱり優しくて、彼女の内側にある後悔を少しずつ溶かしてくれる気がした。

「カイル様は、時々物騒ですね」

「元が狂犬だからな」

「でも、今は違います」

彼はハイネの……彼女だけの優しい騎士だ。

たくましい体にそっと腕を回し、今度はハイネのほうから口づけをする。

「ハイネは、時々大胆だな」

「砂漠の民って、イルヴェーザ人よりもっと情熱的らしいですよ？」

「それは、色々と期待したくなる発言だ」

今まではは奥手だったけれど、カイルの前でならもっと積極的になってみたい。

ずっと我慢していた恋が叶った今、ハイネは押し殺してきた気持ちを少しずつさらけ出してみたいと思う。

そうしていれば、いずれ悪夢も薄れ、彼との幸せな日々だけが残るだろうから。

「今夜は、期待しているぞ」

この甘い囁きに言葉を返すのはまだ難しいけれど、赤くなりながらも小さく頷いて、ハイネはカイルの金糸の髪をそっと撫でた。


【了】

あとがき

この度は『強面《こわもて》騎士は心配性』を手に取っていただき、ありがとうございます！

八巻《はちまき》にのはと申します。

「マッチョとか、どうですか？」

編集さんからの、そんな素敵すぎる一言がきっかけで、ソーニャ文庫から再び本を出させていただくことになりました。

マッチョ処女作なので色々不安もありましたが、蓋《ふた》を開けてみれば始終ニヤニヤし通しで、この半年間で頬の筋肉がゆるゆるになった気がします。

それに加え、以前から敬愛していたDUO BRAND.様にイラストを描いていただくことになり、最後の方はゆるゆるどころか半ば顔が溶けていた気もします。素敵なイラストを本当にありがとうございました！

イケメンマッチョな挿絵とは裏腹に、キャラの中身は色々と残念ですが、そこを笑いながら、楽しんでいただけると嬉しいです！

八巻にのは

ソーニャ文庫

この本を読んでのご意見・ご感想をお待ちしております。

◆ あて先 ◆

〒101-0051

東京都千代田区神田神保町2-4-7 久月神田ビル7階

㈱イースト・プレス　ソーニャ文庫編集部

八巻にのは先生／ DUO BRAND.先生

強面騎士《こわもてきし》は心配性《しんぱいしょう》

2016年1月4日　第1刷発行

著　　者　八巻《はちまき》にのは

イラスト　DUO BRAND.《デュオブランド》

装　　丁　imagejack.inc

D　T　P　松井和彌

編集・発行人　安本千恵子

発　行　所　株式会社イースト・プレス

〒101-0051

東京都千代田区神田神保町2-4-7 久月神田ビル8階

TEL 03-5213-4700　　FAX 03-5213-4701

印　刷　所　中央精版印刷株式会社

ISBN 978-4-7816-9568-6

定価はカバーに表示してあります。